청년부에

미친

혜인이

[리·플레이]

청년부에 미친 혜인이

이오진
희곡집

제철소

기록을 남기는 것은 두려운 일이다. 연극은 극장에서 관객을 만나 완성되고 마치 아무 일도 없었던 것인 양 빈 무대로 돌아가지만, 희곡은 그렇지가 않다. 희곡이 문학이라면 쓰이고 읽히는 건 당연한 일일진대 두려운 마음이 드는 것은 어쩔 수 없다. 극작가로 글을 쓰다가 2018년 연극계 미투가 있었고, 그 이후로는 연출로도 활동하면서 내 자리에서 할 수 있는 것을 하려고 했다. 계속 내 속도가 느리다고 느꼈고 실제적인 변화를 만들기보다는 과거에 수렴하며 타협하고 있는 것은 아닌지 자꾸 자책하게 되었다. 그럼에도 불구하고 이 희곡들이 다양한 독자를 만나 어떤 의미가 될 수 있으면 좋겠다. 이 책을 읽어주는 분들이라면 번잡스러운 이야기들 안에서 저마다의 작은 용기를 발견할 것이라 믿는다.

'호랑이기운'의 관객들 방향으로 큰절 한번 올린다. 나의 동료 창작자들에게도 사랑을 전한다. 이 책에 실린 희곡들은 2010년부터 2023년까지 그들과 함께 만든 것이다. 대산문화재단과 좋은 파트너 제철소에도 감사를 드린다. 마지막으로, 서로의 이십대를 함께 쓰고 읽어주었던 작가 김슬기에게 너는 충분히 잘해왔다고 말해주고 싶다. 세상은 반드시 조금씩 나아질 것이고 우리에겐 견딜 수 있는 힘이 있다.

2023년 겨울

이오진

수록작 초연 기록

* 연극 〈콜타임〉은 2022년 2월 18일부터 27일까지 대학로예술극장 소극장에서 초연했다.
  이오진이 연출을 맡고 이주영, 마두영, 장호인이 출연했다.

* 연극 〈청년부에 미친 혜인이〉는 2021년 9월 17일부터 30일까지 대학로 시온아트홀에서
  처음 공연되었다. 이오진 연출에 신윤지, 마두영, 변승록, 송광일, 이산, 이지수, 정은재가
  출연했다.

* 연극 〈오십팔키로〉는 혜화동1번지 6기동인 2016 기획초청공연 '세월호' 참가작으로,
  2016년 8월 10일부터 14일까지 연극실험실 혜화동1번지 무대에 올랐다. 연출 전윤환과 배우 조시현, 박하늘, 경지은, 홍혜진, 정광우가 함께했다.

* 연극 〈바람직한 청소년〉은 2014년 1월 15일부터 20일까지 대학로 아트센터K 세모극장에서 초연했다. 문삼화가 연출을 맡고 이현균, 민재원, 구도균, 니하연, 오민석, 한규원,
  한상훈이 출연했다.

* 연극 〈가족오락관〉은 2010년 8월 19일에서 9월 5일까지 대학로 게릴라극장에서 초연했다. 연출 김태형과 배우 김승언, 김나미, 조현식, 조한나, 박진아가 함께했다.

차 례

콜타임

---

*콜타임(CALL TIME) [명:공연예술] 공연에 참가하는 출연진과 스태프가
공연 전 극장에 모이기로 정해놓은 시각.

시간	현재의 어느 여름	
공간	대학로의 한 소극장 안	
등장인물	범순	연극배우, 〈단이는 왜 20세기에 몸을 던졌나〉 주연, 사십대, 여자
	은호	〈단이는 왜 20세기에 몸을 던졌나〉 조연출, 21세, 여자
	영두	극단 부대표, 〈단이는 왜 20세기에 몸을 던졌나〉 연출, 사십대, 남자
무대	〈단이는 왜 20세기에 몸을 던졌나〉의 초가집 무대가 세팅되어 있다.	

1장

공연 2주 차 첫날, 콜타임 한 시간 전.

아직 아무도 도착하지 않은 극장 안은 어둡다. 관객들이 객석에 앉아 있다. 어둠 속에서 극장 문이 열리는 소리가 들리고, 은호와 범순이 들어온다. 은호, 휴대폰 불빛으로 범순을 이끌어주고 있다.

은호   조심하세요.

범순   내가 너무 일찍 왔죠.

은호   죄송합니다. 저 원래 이거보다 더 일찍 오는데…….

범순   아니에요. 한 시간 전인데. ……조연출님 할 일 있는 데 나 때문에 일찍 왔죠.

은호   그냥 근처 피시방에 있었어요. 잠시만요.

은호, 오퍼실로 가서 형광등을 켠다. 극장이 밝아진다.

은호   에어컨 틀어드릴까요?

범순   예.

범순, 무대 위 초가집 마루에 앉아 목을 풀기 시작한다.

범순 (노래) 토끼야 노루야 겁내지 말아 하늘님이 내린 탈
을 울 엄마가 받아 쓰고 울 엄마가 받아 쓴 탈 이
단이가 받아 쓰고 이 단이가 받아 쓴 하늘님이 내린
탈을 식구 고루 나눠 썼네 하늘동티 입은 우리 사람
동네 살 수 없어 이 산속에 찾아와서 너희들의 이웃
됐네 (보통 말투가 되면서) 겁내지 말어.●

범순, 분장실로 들어간다.

은호 예, 감독님, 안녕하세요. 저 〈단이는 왜 20세기에 몸
을 던졌나〉 팀 조연출인데요. 예, 저희 방금 극장 들
어와서요. 에어컨 좀 틀어주시겠어요? 감사합니다.
예.

사이

에어컨 전원이 켜지는 소리.

은호 감사합니다. 네!

●   최인훈, 「봄이 오면 산에 들에」(1970) 중 달내의 대사.

범순, 무대로 나와 의상을 우물가에 널고 다시 분장실로 돌아간다. 은호, 디머를 켜고 조명을 하나하나 밝힌다. 초가집과 마당에 조명이 들어왔다 나갔다 한다. 범순, 다시 무대로 나온다. 요가매트를 들고 있다. 찬찬히, 나름의 루틴으로 무대를 밟으며 몸을 풀기 시작한다. 관객들은 움직이는 범순의 몸을 주시하고 있다. 은호, 콘솔을 켜고 음향을 하나하나 체크한다. 관객들도 함께 그 소리를 듣는다. 갑작스레 '쿠콰쾅' 하는 큰 천둥소리가 들린다. 범순, 놀란다.

은호   (무대에 있는 범순에게) 죄송합니다!

범순   괜찮아요.

얼마의 시간이 흐른다. 은호, 오퍼실에서 나와 몸을 푸는 범순을 멀뚱히 바라본다. 범순, 그런 은호가 신경 쓰인다.

긴 사이

범순   조연출님, 몸 같이 푸실래요?

은호   아, (짧은 사이) 예.

은호, 어색하게 무대로 걸어 들어온다. 함께 몸을 푸는 두 사람. 은호는 자기도 모르게 범순의 동작을 따라 한다.

범순   어제는 잘 쉬셨어요?

은호　　예.

사이

범순　　어디 산다고 그랬죠? 경기도라고 안 했어요?

은호　　부천요.

범순　　부모님이랑 같이 살아요?

은호　　예.

범순　　아아.

은호　　고양이랑.

범순　　아아.

사이

범순, 은호가 대화의 물꼬를 터주기를 내심 기대한다. 어색한 공기가
흐르는 가운데 두 사람은 초가집 앞마당에 앉아 천천히 몸을 푼다.

은호　　어제 잘 쉬셨어요?

범순　　예.

사이

범순　　어제 온몸이 다 아프더라고요.

두 사람, 계속해서 몸을 푼다.

범순   일요일 공연에서 대사 씹어가지고.

은호   아.

범순   티가 많이 났죠.

은호   예.

사이

범순, 내색은 안 하려고 하지만 마음이 덜컥한다. 은호가 빈말이라도
해주길 기대한다.

범순   ……누가 들어도 다 알 만큼?

은호   예.

범순   ……그랬구나.

사이

범순   주말 공연에서 실수하면 다음 공연 날에는 극장에
           좀 일찍 와서 준비하게 되더라고요. 배우들이 그래
           요. 평소에나 잘하지. 그죠?

은호   예.

범순은 은호의 단호한 대답이 마음에 걸리지만, 티를 내진 않는다.

은호   (혼잣말로) 관객들은 기억도 못 할 거 같은데…….

범순   ……그럴까요?

은호   그럴 수도 있고 아닐 수도 있겠죠.

사이

범순, 은호의 다음 말을 기다린다.

은호   관객들은 다들 오늘을 사느라 바쁠 거예요.

사이

범순   조연출님은 어제 뭐 했어요? 아, 그런데 반말해도 되지?

은호   어.

사이

은호   어제 알바 했어.

범순, 혼란스럽다.

범순   아아, 알바……. (당황했지만 내색하지 않으려고 노력하
       며) 무슨 알바 하는데?

은호   동네에 있는 치킨집인데, 오래 일해서 이제 사장님이
       랑도 친하거든. '랑랑치킨'이라고, 부천에서는 여기
       가 나름 힙플이거든. 우리 만 천 원에 치킨 두 마리
       주는데, 치킨집인데, 고구마튀김이 개맛있다. 놀러
       와.

범순   ……부천에?

은호   어, 여기서 얼마 안 걸려. 한 시간 20분? 놀러 오면
       내가 치킨 사줄게.

사이

범순   응…….

범순은 은호가 자신을 놀리는 건가 싶어 혼란스럽다. 하지만 여전히
은호는 거침이 없다.

은호   오래 일해서 이제 친구들 놀러 오면 막 그냥 내 맘
       대로 서비스 주고 그러거든. 고구마튀김도 줄게. 많

이 줄게.

범순   고마워. 얼마나…… 했는데?

은호   8개월.

범순   아…… 오래 했네.

은호   어.

범순, 그새 반말에 적응하여 자연스레 반응한다.

범순   그치, 그 나이 때는 8개월도 길지.

사이

은호, 대답이 없다.

범순   너무 꼰대 같았나?

은호   응.

범순, 민망해하며 다음 말을 찾는다.

범순   꼰대 같았지, 내가. 좀.

은호   응.

사이

범순	(무척 진지하게) 말 놔서 미안해요.
은호	어? 아니에요.
범순	제가 꼰대라서…….
은호	아니에요.
범순	맞아요.
은호	괜찮아요. 제가 반말 써서 이상하세요?
범순	아니, 아니, 아니.
은호	친한 언니가 있는데, 말은 쌍방이 같이 놓는 거랬어요. 존대할 거면 둘 다 하고, 상대가 말 놓으면 너도 놓는 거라고.
범순	예…….
은호	불편하세요?
범순	(긴장이 좀 풀어져서) 아니에요. 꼰대라서, 놀라서 그렇지, 괜찮아요. 어, 극단 선배들이 사십부턴 누구나 꼰대라고 하더라고요, 누구나. 나 사십 됐을 때, 극단 선배들이 그랬어요. 너 자격증 생긴 거라고, 이제 빼도 박도 못한다고. "야, 사십" 그랬어요, 선배들이. 그래서 저도 꼰대 하기로 했어요.
은호	배우님도 "야, 오십!" 하세요. 늙어서 좋겠다 그래요.

범순, 애매하게 웃는다.

범순   조연출님 나이가……

은호   스물하나요.

범순   응…… 좋을 때네요. 좋겠다.

은호   아니요.

사이

은호   싫어요.

사이

은호   싫어요. 너무 싫어요.

범순, 당황한다.

범순   미안. 요새는 이런 말 하면 안 되는데.

은호   괜찮은데……

사이

범순   요새는 이런 말 하면 안 되잖아요, 나이가 어쩌고.
        어디 사냐고, 집도 물어보면 안 된다고 하던데.

은호   남자친구 있냐고 물어보신 것도 아니잖아요. 대학
어디 나왔냐고 한 것도 아니고. 시집은 안 가냐고
하신 것도 아니잖아요. 괜찮아요.

사이

범순, 계속해서 은호의 눈치를 보며 우물쭈물한다.

은호   무슨 얘기 계속 안 하셔도 돼요.

사이

어색해서 괜히 몸을 더 열심히 푸는 범순.

은호   배우님이랑 이렇게 오래 얘기하는 거 처음이네요.

은호, 어떤 전환으로, 스트레칭을 하기 위해 몸을 숙인다. 범순도 같은
모양으로 몸을 숙인다. 조용한 극장. 두 여자의 어떤 시간이 선선하게
이어진다. 범순은 이 상황이 불편해서 도무지 무슨 말을 해야 할지 모
르겠다. 반면, 은호는 오히려 둘의 관계가 편해졌다고 느낀다. 은호, 허
리가 뻐근한지 뻣뻣한 자세로 허리를 풀기 시작한다.

범순   (그런 은호를 보고) 허리 아파요? (은호가 고개를 끄덕
         이자) 같이 풀어요.

두 사람, 어쩌다 보니 서로의 등과 팔을 맞댄 채 본격적으로 몸을 풀고
있다.

범순   밖에 진짜 덥죠.

은호   예, 습하고.

범순   관객분들이 날씨가 이런데도 와주셔서 참 고맙죠.

은호   전석 매진이잖아요. 배우님 덕분이에요.

범순   연출이 용을 썼죠. 연출이 표 파는 거 엄청 집착하잖
         아요.

은호   그래서 기획님이 싫어하시더라고요. 예산도 안 주면
         서 표 못 판다고 자꾸 지랄한다고.

대놓고 연출 욕을 했다는 걸 깨닫고 흠칫하는 은호.

범순   우리 객석 수가 적어서 망정이지, 표 못 팔았으면 지
         랄지랄했을 거예요. 걔가 그래요.

두 사람, 웃는다.

은호   배우님 계시니까 극장 더 컸어도 관객 많았을 거예
         요. 연출님이 막 미쳐서 표 팔지 않았어도…….
범순   난 표 못 팔아요. 나 그런 배우 아니에요.

사이
은호, 애정 어린 눈빛으로 범순을 바라보다가 이내 소품을 준비하려고
부산스럽게 움직인다.

범순   저, 일요일에 대사 씹은 거.
은호   …….
범순   티 났죠?
은호   예.
범순   예…….

사이

은호   예. 근데 의도가 있으신가 보다 생각했어요.

범순   어떤 의도요?

은호, 잠시 생각한다.

은호   그냥, 아무것도 아니다, 이 대사는?

범순   …….

은호   날리는 거죠.

범순, 차마 뭐라고 대꾸할 수가 없다.

은호   누구나 그러고 싶을 때 있잖아요. 중요하지 않다는 것을 표현하는 방법이…….

범순   뭉개는 거요?

은호   예.

사이

은호   그냥 아주 별거 아닌 대사로 만들어버리는 거예요. 배우들 가끔 그러잖아요.

사이

범순, 약간 어이가 없다. 은호, 범순의 반응을 눈치채지 못한다.

은호	그런 대사가 있으면 연출이랑 조율을 하면 되는데, 조율이 잘 안 되니까, 배우들이 약간 회피하는 식으로 그런 방법 쓰고 그러는 거 같아요. 뭉개고.
범순	그런가.
은호	이 희곡이 대사가 좀 구리잖아요.
범순	……어디가요?
은호	(과장되게 연기하며) "아버지." [●]

범순, 기가 막히다.

은호	(어설프게 연기하며) "문이라도 열어드릴 걸 그랬어요." [●]

은호, 눈치 없이 약간 신나서

은호	제가 연극 잘 몰라서 그럴 수도 있긴 한데요. 우리 작품이 문학적으로는 좋을 수 있는데, 동시대성? 그런 건 1도 없잖아요.
범순	1도 없어요?
은호	전혀. 네버. 지금 왜 해야 하는지 모르겠어요.

● 최인훈, 「봄이 오면 산에 들에」.
● 같은 희곡.

범순   뭘요?

은호   이 공연요.

범순   …….

범순, 할 말을 잇는다. 은호, 느낀 대로 솔직하게 말을 이어간다.

은호   희곡이 막 뭐, 쓰레기라는 건 아니에요! 대본 자체가
        놀라운 건 분명히 있잖아요. 1970년? 그때 쓰인 거
        잖아요. 근데 그게 그때나 의미가 있지, 왜 지금 이
        걸 해야 하는지? 난 도통 모르겠다며.

사이

은호   지금 필요한 얘기도 아니고.

범순   지금 필요한 이야기는 뭔 거 같아요?

은호   페미니즘이죠.

사이

은호   시대가 변했잖아요. 저는 배우님이 대사 씹으시길래,
        배우님 안에서도 어떤 지점이 납득이 안 되었나 보
        다, 그렇게 생각했거든요.

범순	…….
은호	아닌가.
범순	아…….
은호	아니에요?
범순	아니에요.
은호	아, 죄송해요. (사이) 으, 죄송해요. 저 말이 너무 많았어요.

사이

은호 진짜 아니에요? 그래서 맨날 그 대사 쓰으시는 거 아니에요?

사이

범순 맨날은 아닌데.

은호 아.

범순 사실 저는 그냥, 그냥, 일요일 날은 잘 안 되는 날이었던 거예요.

은호 아—.

범순 아뇨, 아뇨! 조연출님이 그렇게 생각할 수 있죠.

은호 제가 실패하는 여성들 나오는 옛날 서사가 지겨운

가 봐요. 죄송해요.

사이

범순, 은호에게 다가간다.

범순   단이가 실패하는 여성 같아요?

은호   그냥 딸이잖아요, 딸. 어머니, 딸, 과부, 할머니, 성녀,
          창녀, 클럽녀, 술집 작부, 김 여사, 청소 아주머니, 유
          혹녀, 무슨 녀, 무슨 녀, 무슨 년…….

범순   ……저기요.

은호   예?

범순   그때 여성들은 그럴 수밖에 없는 시대적 배경이 있
          죠. 돌아가신 이진오 선생님이 그런 가난한 시대에
          가난하게 억압받다 가는 민초들 이야기를 작품에서
          하시는 거고. 성별이고 나이고 상관없이…… 그런
          거를 쓸 수밖에 없는 시대인 거잖아요.

은호   그렇지 않아요.

사이

범순   …….

은호   다들 그런 것만 쓴 게 아니라, 그렇게 쓴 것만 남은

거잖아요.

범순　……．

은호　누군가는 그 당시에도 분명히 자기가 원하는 걸 썼을 거예요. 시대의 분위기나 '문학이라면 자고로 이래야 한다' 하는 것들에 억지로 맞추려고 안 하고. 하지만 그 사람들이 쓴 건 잘 쓴 문학이 아니라고, 혹은 중요한 사람이 쓴 게 아니라고 여겨지니까 기록에 안 남고. 그니까 저희는 지금도 이런 거 하는 거잖아요. 누군가 버리고 남겨놓은 것만 하는 거예요.

사이

범순　똑똑하네요, 은호 씨는.

사이

범순　조연출님, 연영과 다녀요?

은호　아뇨.

범순　그럼 어떻게 알고 이 팀에 왔어요?

은호　저 연극부 선배가 이 작품 연출님이랑 예전에 작업하신 적 있거든요. 그 선배가 해볼래? 그래서.

범순	극회 출신이구나.
은호	아뇨.
범순	대학 극회 아니에요?
은호	아니에요. 저 아직 입시 해요.
범순	아.
은호	삼수하고 있어요.
범순	아.
은호	네. 연극부는 고등학교 때.
범순	아…….

사이

범순	연극 계속하고 싶은가 봐요.
은호	잘 모르겠어요.

사이

| 범순 | 그럼 왜 이 팀에 들어왔어요……? |

얼굴이 빨개지는 은호.

| 은호 | 배우님 좋아해서요. |

사이

두 사람, 서로를 본다.

은호　저 배우님 나오시는 공연들 많이 봤어요.

범순　본 적 있어요?

은호　예, 〈국물 있사옵니다〉랑 〈달아 달아 밝은 달아〉랑 〈칠산리〉 하시는 것도 봤어요.

범순　……그걸 어떻게 봤어요?

은호　그냥 공연장 가서 봤어요. 입시학원에서 단체로 가 가지고. 1인극 하신 것도 좋았는데. 〈돌과 대각선〉.

범순　아아. 고마워요.

은호　진짜 대박. 저 보면서 줄줄 울었어요.

사이

범순　그때는…… 열심히 했죠.

은호　그것도 우리 연출님이 연출하신 거죠. 웬일로 젠더 프리 캐스팅을 했어요?

범순　아, 원래는 그게 극단 선배 오빠가 혼자 하는 거였 는데…… 연출이, 여자 배우도 하면 좋겠다고 해서 더블 캐스팅으로 갔었어요.

은호　우리 연출님이 그런 것도 생각해요?

범순   트렌드에 예민하니까.

은호   페미니즘이 트렌드라서 여자 배우를 남자 배우 1인 극에 더블 캐스팅 해요?

범순   요새는 그렇게 많이 해요.

은호   음. 안 하는 것보다는 낫죠.

범순   결과적으로는, 참 좋았어요. 극단 활동 하면서 그렇게 혼자 무대에 오래 서본 일이 없거든요. 누구 딸도 아니고, 엄마도 아니고, 애인도 아니고. 그냥 '나'로 했던 거 같아요. 좋았어요. 1인극이면 힘든데 좋기도 해요. 막 잘하고 싶어서 골수 빼서 하는 거죠. 그럼 사람들이 좋아하더라고요.

은호   "당신은 나의 통속, 나의 신파. 그래서 힘이 센 당신. 나는 알고 있어요. 힘센 당신을 내 작은 어깨에 둘러멘 채 결국 다시 이곳으로 돌아올 수밖에 없다는 걸."● ……저 이 대사 다 외워요.

사이

범순, 순간 감정적으로 울컥한다. 은호, 당황한다.

은호   죄송해요.

범순   아니에요.

●   김태형, 「당신의 의미」(2005) 중 미아의 독백.

은호   정말 죄송해요.

범순   뭐가요, 아뇨.

사이

은호   무슨 일 있으셨어요? 그 팀에서?

사이

은호   누가 어떻게 했어요?

사이

범순   그런 거 아니고.

사이

범순   시간이 별로 없어요.

은호, 범순의 말을 이해하지 못한다.

은호   지금 잘하고 계시잖아요.

범순   아니에요. 그냥, 하는 거예요.

사이

범순   시간이 없는데…… 계속 어떤…… 비슷한 걸 하고
있어요. 반복하고 있어요. 어떤 면에서 내가 뭘 바꿀
수 없는 공연들. 내가 어렸을 때부터 좋아한 작품들
이고…… 대학 졸업하고부터 같이 일한 사람들이
고…… 뭔가 더 해야 할 것 같은 기분이 드는데, 변
해야 할 것 같은데 다 그대로 있어요. 나하고 나 주
변 사람들 안 변해요. 바깥 분위기는 많이 변하고
있는데……. 예전에는 안 그랬는데, 변했구나, 늙었
구나, 나 이제 못 따라가는구나.

은호   괜찮으세요?

범순   다른 걸 해야 할 거 같은데……. (호흡이 비어간다.)
계속 여기 있어요. 그리고 이젠 끝나가요.

긴 사이

은호   전 시간이 많은데.

사이

| 은호 | 제 시간을 좀 드릴 수 있으면 좋겠어요. |

사이

범순, 은호를 본다. 은호의 진심이 느껴진다. 은호, 분장실로 쪼르르 뛰어 들어가 휴지와 물 등을 챙겨 돌아온다.

| 범순 | 고마워요. |

은호, 주머니에서 초코바나 젤리 같은 것을 꺼내 까서 내민다.

| 범순 | 고마워요, 은호 씨. |

은호, 범순 옆에 앉는다. 범순, 조금 더 운다.

범순	요새 너무 울어요. 호르몬 문젠가 봐요.
은호	……혹시.
범순	아뇨, 아뇨……. 갱년기는 아니고.

사이

범순, 겨우 숨을 고른 뒤

| 범순 | 은호 씨는 연출하고 싶어요? |

은호　　아, 모르겠어요.

범순　　그럼 배우 하고 싶어요?

은호　　예, 근데 아직 잘 몰라요.

사이

은호　　전 좀 절박한 게 없나 봐요. 절박한 사람들이 뭔가
　　　　를 갖잖아요.

사이

범순　　사람이 참 솔직해요. 어려서 그런가. 반짝거리고. 나
　　　　이 때문이 아니고. 사람이 그런 거 같아요.

사이

범순　　뭐든 다 할 수 있는데 아직 자기는 잘 몰라서 그래
　　　　요.

은호　　아니요. 저는 그렇게 봐주는 사람한테만 그렇고, 그
　　　　런⋯⋯. 아니에요, 제가 어두워서⋯⋯.

범순　　안 어두워요.

두 사람의 눈이 마주친다.

사이

범순   어디가 어두워요.

사이

범순   안 그래요.

범순의 손이 은호에게 가 닿는다. 두 사람을 둘러싼 공기가 달라진다.

은호   노래 들으실래요?
범순   네.

은호, 오퍼실로 달려간다. 범순, 무대에 혼자 남겨진다. 음악이 흘러나
온다.

♪ *Stereolab* - 〈*French Disko*〉 ♪

은호, 무대로 달려 나와 극장 안을 마구 뛰어 다닌다. 순식간에 공간이
역전된다. 무대 위로 온갖 조명이 번쩍번쩍거리고, 우물에서는 연기가
뿜어져 나온다. 초가집 위로 색색의 공들이 팝콘처럼 튀어 오른다. 은

호, 초가집 지붕 위로 뛰어올라가 범순을 부른다.

은호　　　배우님!

범순, 은호를 따라 초가집 지붕 위로 올라간다. 지붕 위에서 소리를 지르는 두 사람. 뛰다가, 손잡고 뛰다가 어느 순간 지쳐 내려온다. 범순과 은호, 초가집 마당에서 서로를 안는다. 어느 사이, 입을 맞춘다. 잠시 뒤, 퍼뜩 정신이 든 범순이 은호를 밀어낸다.

범순　　　……미안.

당황한 은호, 순간 멍해진다. '내가 실수한 건가, 배우님이 실수했다고 생각하시는 건가' 싶어 불안한 눈빛으로 범순을 쳐다본다. 범순, 다시 키스한다. 잠시 뒤, 또 한 번 은호를 밀어내는 범순.

범순　　　아닌데, 이게…….
은호　　　괜찮으세요?

다시 은호가 다가오면

범순　　　아이고.

범순, 이러면 안 된다 싶으면서도 어쩌할 도리가 없다. 두 사람, 다시

키스한다. 그렇게 둘만의 시간이 흐른다.

은호   (몸을 밀착한 채) 배우님 레즈예요?

범순   아뇨.

은호   아니에요?

은호, 더 깊게 키스한다.

범순   예? 아뇨.

은호   배우님 바인가?

범순   아뇨…….

은호   그럼 뭐예요? 디나이얼이세요?

범순, 대답하지 않고 키스한다.

은호   폴리아모리예요?

범순   그건 또 뭐예요…….

은호   아니에요? 그럼 배우님 뭐예요?

두 사람 모두 호흡이 거칠어진다. 둘의 키스는 마치 몸싸움처럼 격정

적으로 보인다. 에로틱하기보다는 우스꽝스러운 소극 같기도 하다. 범

순, 애써 이 공간을 벗어나려는 듯 걷기 시작한다. 은호, 쪼르르 따라가
범순 앞을 막고 선다.

은호　　　배우님 저 좋아하세요?

범순　　　예······.

은호　　　정말요?

은호가 다시 다가가서 키스하려 하지만, 범순이 피한다. 범순의 호흡
은 은호와 다르다.

범순　　　저 잠깐만······.

범순, 극장 밖으로 뛰쳐나간다. 은호, 그런 범순의 뒷모습을 바라보다
가 무대에 혼자 남겨진다. 초가삼간 무대를 멍하니 바라보는 은호, 이
내 현실로 돌아온다.

3장

은호, 그대로 서 있다. 이게 무슨 일이지, 꿈인가 아닌가, 분명히 좋았
는데, 생각이 왔다 갔다 한다. 그때, 분장실 뒤편에서 영두가 등장한다.

영두　　　어? 너 왜 벌써 왔어?

은호, 영두에게 90도로 인사한다.

은호　　　일찍 오셨네요, 연출님.

영두　　　아니야, 똥 싸러 잠깐 온 거야. 나 이 앞에서 밥 먹어.

영두가 객석을 지나 출입구로 나가는데, 범순이 다시 들어온다.

영두　　　어? 범순 누나도 왔어?

범순　　　어, 왔어?

영두　　　아니야, 똥 싸러 잠깐 온 거야. 다시 갈 거야.

범순　　　어?

| 영두 | 아! 일요일 시파티 왜 안 왔어? 우리가 누나 좋아하는 '대학로족발'을 갈라 그랬거든, 근데 문을 닫은 거야. 그래서 '양평해장국'에 갔더니 그날은 또 점심밖에 안 한대. 그래서 '옛날순댓국' 갔잖아. 거기 별로 좋아하지도 않는데. 아, 오늘은 대사 안 씹을 거지? 대배우 경범순 파이팅! |

영두, 아무것도 모르고 퇴장한다. 범순, 짐짓 자연스러운 척 은호에게 말을 건다.

범순	연출님 일찍 왔네요.
은호	아뇨, 근처에서 밥 먹고 있대요. 화장실 가러 잠깐 들렀대요.
범순	아.

사이
범순과 은호, 딱히 할 말을 찾지 못한다.

| 은호 | 저 담배 한 대만 피우고 올게요……. |

혼자 남은 범순, 자기 몸을 인식한다. 잠시 뒤 화장실에 가서 세수를 하고 온 범순이 이 상황에 대해, 자신에게 벌어진 일에 대해 생각한다.

혼란스럽다. 범순, 무대를 걸어 다닌다. 괜히 몸을 풀고 혼잣말을 하기도 한다. 그리고 자신을 다스려보려는 듯 호흡을 한다. 곧 옅은 담배 냄새와 함께 은호가 돌아온다. 은호, 멀찍이 서서 범순의 눈치를 본다. 범순, 은호를 애써 외면하며

범순   조연출님 일할 거 있는 거 아니에요?

은호   아, 아니요. 일요일에 다 해놓고 가가지고. 아까 음향도 테스트해가지고…… 물도 샀고…… (사이, 범순이 자기를 잘 보지 않자) ……일을 할까요? (사이) 예.

은호, 일을 한다. 무대에 분무기로 물을 뿌리고, 괜히 소모품을 체크하고, 소품을 가져다 놓는다. 그러면서 계속 범순의 눈치를 본다.

은호   에어컨이 참 시원하네요. 극장은 에어컨 나와서 좋아요. 저희 집은 에어컨 없는데.

사이
범순, 대답하지 않는다. 은호, 좀 불안하다.

은호   괜찮으세요?

범순   예.

은호 (긴장을 풀어보려 애쓰며) 어, 배우님 집에는, 어, 에어
컨 있어요? 아, 어디 사신다고 하셨죠? 여기 근처 사
신다고 했죠?

범순 네, 근처요. 남편이랑요.

은호의 마음이 덜컹한다.

사이

범순 커피 사다 줄까요? 커피 마실래요?

은호 아니요.

사이

범순 담배 있어요?

은호 피우세요?

범순 예. 아니, 있으면 가끔……. (사이, 정색하며) 아뇨, 안
피워요.

사이

| 범순 | 제가 지금 임신 중이어가지고. |

은호의 마음이 다시 덜컹한다.

사이

| 은호 | 예? |
| 범순 | 연출도 몰라요. 아는 사람 없어요. 공연에 지장 줄까
봐 말 안 한 거 아니고, 아직 5주라서. 심장도 안 뛰
어요. |

사이

| 은호 | 축하해요. |
| 범순 | ……고마워요. |

사이

은호, 생각을 정리하려 애쓴다.

| 은호 | 임신 초기에, 공연하셔도 돼요? |
| 범순 | 조심하고 있어요. 제가 원래 자궁 쪽이 안 좋아서,
유산 두 번 했었어요. 이번에 나팔관 조영술하고 임
신하긴 했는데, ……노산이라서. |

은호   그런데 지금 그 얘기 왜 하세요?

사이

은호   (화가 나서) 그런데 지금 그 얘기 왜 하세요?

범순   미안합니다.

은호   (말 끊으며) 퀴어신 거죠?

범순   …….

은호   퀴어요.

사이

은호   아니세요?

사이

범순   레즈비언이에요?

은호   예.

사이

은호	배우님은요?
범순	(정색하며) 전, 아니에요.
은호	뭐가 아닌데요?

사이

은호	저 벽장 아니에요.
범순	숨긴다는 거죠?
은호	숨기지 않는다는 거예요. 숨긴 적 없다고요. 전 오픈이에요.

사이

은호	아까 저랑 어, 저랑 그렇게 하고 싶다고 생각해서, 그렇게 하신 거 아니에요? 그런데 어떻게 퀴어가 아니에요?
범순	그냥…… 은호 씨가, 은호 씨가 오늘, 아까 좋았던 거예요.

범순의 말이 은호에게 상처가 된다.

은호	그냥 조금 전에. 그냥, 그렇게 하고 싶었다는 거죠?

사이

범순   예.

은호   (코웃음 치며) 저 배우님 때문에 여기 들어왔어요.

사이

은호   아니면 이렇게 개빵은 프로덕션에서 일 안 해요.

사이

범순, 머리에 손을 짚고 몸을 휘청한다. 갑자기 은호는 임신한, 그리고
공연을 앞둔 범순이 걱정된다.

은호   몸 괜찮아요?

범순   아뇨.

은호   오늘 공연할 수 있겠어요?

범순   모르겠어요.

범순, 넋이 빠져 있다.

은호   배우님, 배우님, 지금을 회피하지 마세요. 우리 얘기
          좀 더 해요. 이야기를 마무리해야 해요. 알겠죠? 콜

타임 얼마나 남았지…….

범순   (시계를 보고) 20분.

범순, 초가집 아궁이 위에 걸터앉는다.

은호   잠시만요, 거기 앉으시면 안 되는데!

쾅! 하고 아궁이가 완전히 무너진다.

범순   으악!

은호, 힘껏 달려가 무너진 아궁이에 주저앉은 범순을 일으켜 세운다.

은호   괜찮으세요?

범순   무대…… 무대…….

은호   (너무 놀라서) 여기 앉지 말랬잖아요……. 연출 님…… 연출님 부를게요.

범순   걔 부르지 마요.

은호   이거 어떻게 하지?

은호, 무너진 세트를 수습하려고 하지만 그럴수록 더 망가진다.

은호   아이 씨, 이거 어떻게 하지. 배우님, 안 다쳤어요?

범순   나 괜찮아요. 무대 디자이너 불러요.

은호   아, 지방 갔어요.

범순   지방이요?

은호   예, 무슨 지방행사 있다고 갔어요.

범순   하, 오빠 어떻게 무대를 이렇게 해놓고 지방을
        가……

은호, 무너진 아궁이를 좀 더 살펴본다.

범순   제가 해볼게요.

은호   연출님 부를게요, 그냥.

범순   아니에요, 안 불러도 돼요.

은호   아니에요, 제가 할게요. 배우님은 가서 쉬세요.

범순   고칠 줄 알아요?

은호   저 고등학교 때 연극부였어요.

범순   ……제가 할게요.

두 사람, 함께 아궁이 세트를 고친다. 마치 아까의 키스는 까맣게 잊어
버린 듯 일사분란하게 테이프와 이것저것을 챙겨 온다.

은호   연출님 진짜 부르지 마요?

범순   걔 아무것도 몰라요. 똥이나 쌀 줄 알지…….

은호   어떡해. 아, 진짜 오늘 공연 개망했네.

범순   (부정 탄다는 듯이) 퉤, 퉤, 퉤. 자꾸 재활용을 하니까
        무대가 이 모양인 거 아냐.

은호   여기 앉지 말라 그랬는데 배우님들이 맨날 앉아서
        이렇게 된 거잖아요.

범순   내 탓 하는 거예요?

은호   그게 아니라…….

범순   잘 고치면 티 안 날 거예요. 관객석에서만 안 보이면
        되지.

두 사람, 어떻게든 수습해보려 한다.

범순   (객석 쪽을 가리키며) 가서 봐봐요.

은호, 객석 쪽으로 가서 고쳐놓은 아궁이를 본다. 아무리 봐도 허접하
다.

은호   ……이건 말도 안 돼요.

범순과 은호, 다시 으쌰으쌰 고친다. 은호, 또다시 객석으로 가서 무대
를 바라본다.

범순   티 나요?

은호   티 안 나요!

범순   됐다!

은호   됐다!

은호와 범순, 함께 기뻐한다. 둘, 한숨을 돌린다. 은호, 분장실에서 생수를 가져와 범순에게 준다.

범순   고맙습니다.

4장

범순과 은호, 각자의 자리에 앉는다. 아직 호흡이 떠 있는 두 사람, 물을 마시며 숨을 돌린다.

범순   아깐 미안합니다.

은호   무대요? 아니에요! 고쳤잖아요!

범순   …….

사이

은호   키스는 제가 먼저 했는데요 뭐.

사이

범순   같이 했죠.

사이

은호   저랑 만나실 거예요?

사이

범순   언젠가 그런 생각을 했어요. 나하고 결혼은 안 어울
       린다. 결혼하면 분명히 좆 된다, 분명히.

은호   ……배우님, 디나이얼인 거예요?

범순   그게 뭐예요?

은호   긴데 본인은 아니라고 하는 거예요.

범순   …….

은호   이쪽 아니라고 하시는데, 제가 볼 땐 이쪽이에요.

범순   뭘 안다고.

은호   배우님이, 배우님이 뭔지 모르니까 제가 말하는 거
       예요.

범순   은호 씨가 뭘 알아요, 저에 대해서?

은호   아까 키스했잖아요.

범순   (찔려서) 잘 모르면서 남 함부로 정의하는 거 굉장히
       무례한 거예요.

은호   같이 키스해놓고 혼자 입 닦는 건 안 무례해요?

범순   …….

은호   나이도 먹을 만큼 먹었으면서.

범순   …….

은호　배우님은요, 레즈비언이에요. 레즈비언인데 아니라
　　　고 하는 거예요. 감당하기 싫으니까. 싫다 싫다 하면
　　　서 이 극단에 있는 거랑 똑같은 거예요. 배우님은 그
　　　런 사람이에요.

범순　은호 씨!

그때 무대 뒤에서 영두가 등장한다.

영두　뭐 해?

사이

영두　싸우는 거야?

범순　일찍 왔네.

영두　왜 싸워?

범순　온 거야, 똥 싸러 온 거야?

영두　온 거 아니야. 나 계속 설사해가지고 화장실 왔어.

범순　암 데서나 누지, 왜 자꾸 이리 와.

영두　모르겠어. 공연 중엔 극장에서 눠야 마음이 편해.

범순　아, 진짜…….

영두　둘이 왜 싸웠어?

범순　안 싸웠어.

영두   ……싸웠잖아.

범순   아니 그게…….

은호   대본 얘기 하고 있었어요.

영두   어? 대본?

은호   대본 구려서 연기 못 하겠대요.

범순   (기함할 듯 놀라며) 제가 언제 그랬어요?

은호   일요일에 대사 씹으신 거 일부러 그런 거래요.

범순   조연출님!

은호   시간이 없는데 맨날 똑같은 거나 하고 있다고. 뭔가
         더 해야 할 것 같은 기분이 드는데, 변해야 할 것 같
         은데 그대로 있다고.

범순   은호 씨!

은호   사회적 분위기도 많이 변하고 있는데 극단 사람들
         은 안 변한다고. 이 극단에서 애인, 엄마, 딸, 여친만
         하다가 이제는 시간이 없다고!

범순   야!

긴 사이

영두, 무언가를 생각하는 듯 한동안 아무 말이 없다.

영두   은호야.

사이

영두　왜 그래.

은호　…….

범순　…….

영두　싸우지 마. 아…… 나 화장실 갈래. 아, 은호야. (가
방에서 소품을 꺼내 건네며) 일요일에 이거 택배 와가
지고. 가짜 눈. 이거 좀. 아니, 니가 하지 말고, 이따
준우 오잖아. 준우 오면 준우보고 하라 그래. 싸우
지 마, 응? 싸우지 마.

영두, 나간다.

범순　미쳤어요? 나 여기서 12년 일했는데, 너 같은 애 때
문에 커리어 이렇게 끝내면 좋겠어요?

은호　배우님은 편한 것만 해왔잖아요. 〈단이는 왜 20세기
에 몸을 던졌나〉 같은 거.

범순　편한 거?

은호　딸! 엄마! 희생자! 피해자! 실패하는 여성!

범순　우리 작품이 뭐 어때서요?

은호　늙은 남자 작가가 쓴 옛날 희곡!

범순　(질렸다는 듯이) 아, 너무 편협해. 너무 편협해.

은호　민초의 수난, 알겠어요. 슬픈 한국사, 나도요, 뭔 말
　　　인지 안다고요.

범순　(구시렁대며) 알긴 뭘 알아…….

은호　(범순의 말을 듣지도 않고) 문학의 향연! 묘사 보면 또
　　　이진오 선생이 기가 막히잖아요? 어떻게 이런 대사
　　　를 쓸까. 인간의 본질을 막……. 그래 봤자 거기서
　　　거기예요. 옛날 할아버지가 쓴 늙은 연극이고, 대상
　　　화된 여성이고 실패하는 여성이에요, 단이는.

범순　연습 같이 안 했어요? 작품 분석 안 했어요? 왜 자
　　　꾸 단이한테 뭐라 그래요?

은호　저는 대체 한국 연극에서 언제까지 할아버지가 쓴
　　　옛날 희곡을 봐야 하나 정말 지겹고…….

범순　하, 지겨워!

은호　작품 마지막에서 죽잖아요.

범순　이거 해피엔딩이에요.

은호　그렇게 읽지 않는 사람이 많겠죠.

범순　하늘로 가는 것도, 어! 아버지가 도망가라고 해서
　　　가는 거고. 이승에서는 안 되니까 초월적으로, 어!
　　　표현하는 은유인데!

은호　전 그게 결국 실패하는 서사라고 생각해요. 무대에
　　　필요 없는 서사. 연극은요, 이게 동시대에 필요할 때
　　　만 유효한 거예요. 이제는 구린 과거를 깨부수겠다

고 하면서 연대하는 여성들이 있어요. 많아요! 부는 바람을 부수겠다고 해도 '그래! 너 바람 싫구나! 아, 너 우리 필요하구나? 됐다. 그럼 같이 부숴보자' 이렇게 편들어주는 여성들이 있는 시대라고요. 2023년이에요!

범순 2023년 세상이 생각처럼 그렇게 쉽게 변하지 않아요.

은호 빻았어요.

범순 그 말 좀 안 쓰면 안 돼요? 내가 들어본 말 중 제일 천박해.

은호 인정.

범순 2023년 알겠어요. 그럼 지금 이야기만 유효해요? 그럼 무대에는, 실패 안 하고, 서로 긍정하고, 연대하고, 어? 그런 여성들만 나와서 페미니즘! 하면서 남자 다 죽이고 그래야 해요? 남자 작가 다 죽어야 해요? 남자가 쓴 연극은 다 불태우고 어디 묻어서 비료로도 못 쓰게 썩혀야 해요?

은호 너무 극단적이에요.

범순 (폭발하며) 니가 극단적이에요, 니가!

사이

범순   죄송해요.

은호   저도요.

사이

은호   소리 지르지 마세요. 임신했잖아요.

범순, 자기도 모르게 배에 손을 올린다.

사이

범순   은호 씨는 똑똑하니까 저랑 다른 연극을 할 거예요.

은호   저는 대학도 못 갔어요. 삼수하잖아요.

범순   지금 그런 거예요, 지금. 어려서 아직 몰라서 그래요.
         이런 말 미안한데, 인생 원래 안 풀리다 풀리고 그러
         는 거예요.

사이

은호   키스해도 돼요?

범순   안 돼요.

두 사람, 키스한다. 서로를 깊이 안는다.

은호　　　배우님 그냥, 때려치우고 나랑 결혼하면 안 돼요?

범순　　　결혼?

은호　　　그럼 나랑 연애하면 안 돼요?

범순, 은호에게 무슨 말을 해야 할지 생각한다. 은호, 설박한 표정으로
범순을 바라본다.

범순　　　저기, 은호가 이야기하는 거는……. 이게 법적인 문
　　　　　제가 있고요……. 저 양친 다 살아 있어요……. 집
　　　　　도 전세대출 껴 있고…… 임신도 했고…….

은호　　　배우님……, 무력한 실패한 여성처럼 말하지 마요.

범순　　　아니 무슨 책에서 나오는 거 같은 말을 입으로 해
　　　　　요, 막…….

은호　　　페미니스트들 원래 그래요…….

사이

은호, 범순의 손을 잡는다.

은호　　　저희 엄마 아빠 때는 결혼하지 않고 사는 거 이상한
　　　　　일이었잖아요. 그래서 다들 결혼했잖아요. 이젠 그
　　　　　러지 않아도 되잖아요.

범순　　　저 은호 엄마 아빠랑 나이 차이 많이 안 나요…….

은호　　　어쨌든요. 페미니즘도 이젠 터부가 아니에요. 다들
　　　　　동의하는 부분이잖아요. 그런데 왜 아직도…….

범순　　　다들 동의하지 않아요.

은호　　　적어도 우리 또래는…….

범순　　　은호 또래도 다 동의하지 않아요.

은호　　　제 주위에는…….

범순　　　그건, 은호 주위의 그거죠.

은호　　　네. 그런데 다른 사람이 동의하지 않는 게, 그렇게
　　　　　큰 상관인가요?

사이

두 사람, 말없이 서로를 본다.

범순　　　은호 씨, 어떤 서사에서는 여성이 반드시 실패해요.

사이

은호　　　그런 얘기가 아니라…….

범순　　　(단호한 어조로) 막 용기 있지 않을 수 있잖아요. 어
　　　　　떤 여자는.

사이

은호, 범순에게서 조금 멀어진다.

은호　　이진오 선생이 그 희곡을 쓸 때에. 그리고 그 전에도, 그 전에도. 고전이 되지 않았어도, 역사 속에서 누군가 어떤 길 계속 썼을 거예요.

사이

은호　　배우님도 그런 사람일 수 있구요.

서로 바라보는 두 사람. 범순, 말이 없다.

은호　　애기 때문에.

사이

은호　　아까 시간이 없다고 하신 거예요?

긴 사이

범순　　여러모로, (사이) 나이가 들었으니까.

은호　　만약에……

은호 만약에, 그 아기가, 이번에 범순 배우님한테, 오지 않는다면.

사이

은호 ……저한테도 기회가 있나요?

사이
범순, 대답하지 않는다.

은호 저는 범순 배우님한테 옵션이 될 수 없는 거 알아요.
범순 …….
은호 전 대학도 못 갔고, 집도 못살고요. 빈곤층 그런 건 아니지만 그래도 못살아요. 저는 어, 배우님을 캐스팅할 수도 없고, 연출도 아니고. 전 범순 배우님 좋아한다고 해서 포기할 게 아무것도 없어요. 가진 게 아무것도 없으니까.

사이
은호, 스스로를 매듭짓기 어렵다.

범순　　　어렸을 때…….

은호가 범순을 보면

범순　　　유치원 다니는 애들은 보면, 여자애들끼리 손도 잡
　　　　　　고 남자애들끼리 뽀뽀도 하고 그러잖아요. 아무렇지
　　　　　　않게. 그런데 어른이 되면서 그 애들이…… 나이 들
　　　　　　면서…… 이성애자가 되어가는 거라고 하더라고요.

은호　　　…….

범순　　　나한테도 기회가 없었던 거 같아요.

은호　　　무슨 기회요?

범순　　　내가 뭐가 되어가는지 돌아볼 기회요.

사이

은호, 무대를 떠나 오퍼실로 간다. 은호가 튼 노래가 무대를 채운다.

♪ *Pomme* - 〈*On brûlera*〉 ♪

범순이 오퍼실의 은호를 본다. 오퍼실의 은호도 범순을 본다. 노래가
계속된다. 무대 위에 오롯이 놓인 범순의 시간.

범순　　　저 이대로 살게요.

범순　　　　아기 기다리고, 개빻은 연출이랑 일하고……. 선배
　　　　　　들이 사십이라고 놀리는 거 같이 웃고. 단이는 단이
　　　　　　가 할 수 있는 최선을 다했다고 믿을게요. 실패한
　　　　　　여성 아니고.

다시 고요한 극장. 들리지 않는 두 사람의 호흡만이 남아 있다. 잠시
뒤 스태프 출입구에서 영두가 등장한다.

영두　　　　준우 오늘 못 온대.

은호　　　　예?

영두　　　　못 온대.

은호　　　　(쪼르르 연출에게 다가가서) 왜요?

영두　　　　모르지.

은호　　　　갑자기요?

영두　　　　어.

은호　　　　그럼 오늘 조명 오퍼 누가 봐요?

영두　　　　내가 하지 뭐…….

범순　　　　그럼 객석 진행은?

영두　　　　내가 하지 뭐.

범순　　　　코멘트는?

| 영두 | 매일 필요 없지 뭐. 개빵았는데 조명 오퍼라도 잘 봐야지. |

사이

| 영두 | 어? |

아궁이를 들여다보는 영두, 뭔가 이상하다. 범순과 은호, 영두의 눈치를 본다.

영두	(괜찮다 싶은지) 어!
은호	아까 죄송해요.
영두	됐어. 개빵았는데 마음 넓은 척이라도 해야지.
범순	들었어?
영두	규태 왜 안 오지. 은호야, 몇 시냐?
은호	(시계를 보고) 콜타임이에요.
영두	규태 전화 좀 해봐, 은호야.

범순, 괜히 미안한 마음에 영두 근처에서 비척대다가

| 범순 | 이따가 족발 먹을까? |
| 영두 | 싫어. |

영두, 퇴장한다. 다시 무대에는 범순과 은호, 둘만 남는다.

사이

은호   배에 손대봐도 돼요?

범순   아직 심장도 안 뛰는데…….

은호와 범순, 서로에게 천천히 다가간다. 은호, 범순의 배에 손을 댔다
가 뗀다.

은호   배우님 괜찮아요?

범순   …….

은호   이런 세상에 애를 낳는 거. 엄마도 부정하는 세상에,
            애기를 낳는 거.

사이

범순   얘는 나랑 다른 인간이에요.

사이

범순   나는 얘가 누군지 모르니까. 우린 모르잖아요.

사이

은호   ……배우님은 자기가 뭔지 아는데 모르고.

범순   …….

은호   나는 내가 뭐가 될지 모르고.

사이

범순   그렇다고 관둬요?

사이

은호   뭘요?

두 사람, 서로의 눈을 바라본다.

            〈영상 자막〉

            질문하는 것을

            의심하는 것을

            돈을 버는 것을

            무엇을 모르는 것을

            무엇을 모르는지 고민하는 것을

좋아질지도 모른다고 희망을 짓는 것과

이대로도 귀하다고 위로하는 것을

서러워하는 것을

미안해하는 것을

후회하는 것을

사는 것을

사이

영두의 목소리가 들린다.

영두 은호야!

은호 스탠바이 할게요.

영두 은호야, 나랑 큐 좀 빨리 맞춰보자, 응?

은호 예.

은호와 영두, 오퍼실로 향한다. 범순, 빈 무대에 서 있다. 조명이 차례대로 변화한다. 초가집을 바라보는 범순. 다시 예전으로 돌아가려고 몸을 움직이는 순간, 초가집 문이 열리고 색색의 공들이 쏟아져 내린다. 이게 뭐지 싶은 순간, 암전.

막

청년부에
미친
혜인이

"제가 선교단체 친구들에게 교회에서 들었던 황당한 얘기를 하면, 친구들도 비슷한 일을 겪거나 들은 거예요. 교회 목사가 예배 때 성희롱 발언을 해서 교회의 다른 청년에게 이야기를 했는데, 전혀 그 발언을 기억 못 한다는 거예요. 그런 말들에 너무 익숙해져서요. 이게 한국 교회의 현실인가 싶었어요."

_'2019 성서한국 전국대회에서 만난 청년들에게 묻다' 인터뷰 참조, 「그들이 말하는 '오늘 여기'의 복음, 신앙, 교회」, 「복음과 상황」 346호.

시간	현재의 어느 여름
공간	경기도의 한 대형 교회 청년부
등장인물	혜인
	예수
	시영
	다영
	성찬
	영주
	목사
	집사
	전도사
	하나님
	목소리

프롤로그

관객들이 입장하는 동안 찬양이 흘러나온다.

무대 전면으로 보이는 화면에 자막이 떠 있다.

〈영상 자막〉

"기도로 예배를 준비하는 시간입니다"

청년들이 등장한다.

과일을 베어 먹는다.

퇴장한다.

장면 1

조명이 바뀌고 주일의 예배당.

목사, 강대상에서 신도(관객)들의 얼굴을 바라본다. 곧 마이크에 대고,

목사   할렐루야. (다시 한 번) 할렐루야. (관객들 따라 하면) 청년부 예배에 오신 여러분 환영합니다. 이렇게 무더운 날씨에 예배에 와주신 여러분, 하나님이 여러분을 사랑하십니다. 아멘. 옆에 계신 분들하고도 인사 나눌까요. 할렐루야, 이렇게 만나니 반갑습니다. 네, 좋습니다. 뒤의 분이랑도, 할렐루야, 반갑습니다. 어색하실 수 있어요. 오늘 처음 보는 사람 같고, 남 같고, 그런데 그렇지 않습니다. 우리는 모두 하나님의 형제자매들입니다. 아멘. (사이) 날이 정말 덥지요. 기도가 많이 필요한 시기입니다. 이 날씨에도, 네팔 단기선교를 준비하며 애쓰고 있는 청년들이 많이 있습니다. 선교에 직접 참여하지 못하는 지체들도, 이번 단기선교 참여하는 청년들 위해 하루에 5분이라도,

마음을 모아 기도해주시길 부탁드립니다. (사이) 이번에 우리 청년들이 가게 될 땅은 네팔 요셉의 집입니다. (화면에 네팔 지도가 뜨면) 수도인 카트만두에서 버스로 일곱 시간을 달려야 닿을 수 있는 오지입니다. 네팔은 인구 3천만의 힌두교의 나라이며, 국민의 30퍼센트가 빈곤층입니다. 3억 3천의 신을 섬기며, 1년의 3분의 1을 힌두신들의 명절로 섬깁니다. 그 척박한 땅에서 1995년부터 사역하고 계신 선교사님 부부가 가족에게서 버려진 네팔의 아동들을 보호, 양육하며 향후 자립을 돕고 계십니다. 우리 교회 청년부 여호수와의 청년들이 네팔 땅에서 하나님의 사랑을 체험하고, 3억 3천의 신을 섬기는 악한 땅에 하나님의 사랑을 전하고 돌아올 수 있도록 중보기도 부탁드립니다. (사이) 오늘 말씀은 히브리서 13장 4절입니다. 다 같이 읽겠습니다.

〈영상 자막〉

"모든 사람은 결혼을 귀히 여기고 침소를 더럽히지 않게 하라 음행하는 자들과 간음하는 자들을 하나님이 심판하시리라" •

대한성서공회 공동번역.

아멘. 오늘은 여러분과 '크리스천의 올바른 데이트와 성'이라는 주제로 이야기를 나누는 첫 번째 시간입니다. 앞으로 4주간, 이 주제로 여러분에게 설교하게 될 것입니다. 청년들이 하나님의 말씀을 통해 진정한 사랑의 의미에 대해서 깨닫고 미래에 온전하고 완전한 가정을 이룰 수 있기를 주님의 이름으로 축원합니다. (사이) 청년 여러분, 여러분은 왜 누군가와 데이트를 하시나요? (대답을 기다린다.) 못 하고 계신가요? 그렇다면 왜 데이트를 하고 싶나요? 외로워서? 혼자인 게 싫어서? 위로받고 싶어서? 누군가를 안고 싶어서? 결혼하고 싶어서? (사이) 그렇다면, 왜 남자와 여자는, 여자와 남자는 하나가 되어 가정을 이루기를 원하게 될까요? (사이) 본능일까요? 그렇게 볼 수도 있겠지요. (사이) 데이트를 원하시는 여러분, 여러분의 데이트 목적은 무엇입니까? (사이, 성도들의 눈을 마주치며) 하나님과 인격적으로 만난 크리스천들에게, 데이트의 목적은 분명합니다. 배우자를 만나고, 평생을 함께할 주님의 가정을 꾸리는 것입니다. (사이) 그렇다면 우리는 왜 결혼을 해야 할까요? 대답해보실까요? (성도들에게 묻고, 몇몇이 대답하면) 크리스천에게 결혼은, 하나님의 가정을 이루는 일입니다. 하나님의 가정을 이루고, 가정이란 공동체를 통해 주님 안에서 책임과 질서를 배우는 것입니다. (사이) 2021년입니다. 대한민국이 전 세계에서 가장 빠른 속도로 지구상에서 사라지는 국가가 될 것이라는 한 영국 학자의 예견대로, 우리나라 가임기 여성의 1인당 출산율은 0.9명, 이런 상황은 청년부 사역을 하고 있는 저로서도 고민이 많이 드는 지점입니다. 저희 집에는 지유와 복유, 두 딸아이가 있습니다. (사이) 저와 제 아내는 청년부에서 만나 데이트를 시작하고 이 사람이라는 확신이 들 때까지 3년을 기도로 준비했고, 3년의 연애 기간 동안 주님 앞에 부끄럽지 않은 사역자로 서기 위해 저희는 거룩함을 지켰습니다. 그 기도와 인내의 시간 없이는 지금의 아내와 건강한 가정을 만들어갈 수 없었을 것입니다. (사이) 말씀 보겠습니다.

〈영상 자막〉

데살로니가전서 4 : 3 ; 하나님의 뜻은 이것이니 너희의 거룩함이라 곧 음란을 버리고

고린도후서 12 : 21 ; 또 내가 다시 갈 때에 내 하나님이 나를 너희 앞에서 낮추실까 두려워하고 또 내가 전에 죄를 지은 여러 사람의 그 행한 바 더러움과 음란함과 호색함을 회개하지 아니함 때문에 슬퍼할까 두려워하노라

목사　　하나님께서는 '거룩함'과 '음란을 버리는 것'이 곧 하나님의 뜻이라고, 말씀하고 계십니다. 뜨겁고 사랑스러운 청년의 시기에, 하나님의 자녀로 산다는 것은 결코 쉬운 일이 아닙니다. 크리스천이 아닌 삶이 훨씬 편하고 마음대로 할 수 있는데도 불구하고! 결단과 노력, 인내, 그리고 주의 뜻을 따르겠다는 의지와 노력 하에 이루어지는 것입니다. 마음속에 내가 그리고 싶은 가정을 그려놓고 기도로 준비되실 수 있기를, 주님의 이름으로 축원합니다. 온전한 그릇으로 완전한 가정으로 하나님께 영광 돌립시다.

드럼 비트. 딱, 딱, 딱, 딱. 기타를 든 찬양 인도자 예수가 등장한다.

예수　　(기타를 치다가 손을 들고 외친다.) 할렐루야! 하나님, 감사합니다.

장면 2

찬양 반주가 흘러나온다.

♪ 〈새벽이슬 같은〉 ♪

아버지여 당신의 의로 부르소서

예수님이여 주의 보혈로 덮으소서

거룩하신 성령님이여 권능으로 임하소서

거룩한 옷을 입고 즐거이 헌신하는

주님의 백성들에게 주여 함께하소서

새벽이슬 같은 주의 청년들이

주님 앞에 나오는도다

주님의 이름으로 축복하여주소서

주의 빛을 발하게 하소서

여호수아 찬양팀, 주일 예배를 위한 찬양을 연습 중이다. 예수가 찬양

인도를 하다가

예수   잠시만요.

연주가 멈추고 조명이 밝아지면

예수   드럼 소리 조금만 줄여도 될 거 같아요. 형제들 목
          소리가 조금 묻히는 거 같아서.
성찬   네.
예수   어. (극장 오퍼석을 향해) 저기 방송실!
목소리   네!
예수   '새벽이슬' 처음 들어갈 때 앞에 싱어들 쪽 조명 조
          금만 더 밝혀주실래요?

앞쪽 조명이 밝아진다.

목소리   이렇게요?
예수   네, 감사합니다 ─.
시영   드럼 컸어요? 나는 잘 모르겠는데.
예수   안 컸어?
성찬   전 괜찮은 거 같은데.
예수   아.
성찬   아니에요. 큰 거 같기도 하고, 조금.
예수   그럼 방송실 마이크 좀 키워주세요. 저희 한 번만 다

시 할게요.

다영　오빠, 저기.

예수　예?

다영　저, 저기 수요예배 찬양팀 여기서 특송 연습 하셔야 해서.

예수　아, 그럼 여기까지 하겠습니다. 저희 모여서 기도할 게요.

다들, 일상적으로 모인다. 기도한다.

예수　사랑이 많으신 하나님 감사합니다. 오늘 우리가 여기 모여서 주일 청년부 예배를 준비하고 있습니다. 저희 여호수아 찬양팀이 준비하는 모든 목소리에 함께해주시고, 예배를 준비하고 예배를 드리는 시간 동안 오로지 주님만 높일 수 있도록 주님 저희 마음 붙들어주세요. 내가 아니라 오로지 하나님만 높이는 온전한 찬양 허락하여주세요. 또한 저희 여호수아 네팔 단기선교를 준비하고 있습니다. 저희 건강과 안전, 재정을 허락하여주시옵소서. 예수님의 이름으로 기도드렸습니다.

모두　아멘.

예수　수고하셨습니다.

모두   수고하셨습니다.

여호수아 찬양팀, 신속하게 악기를 정리한다. 전도사가 예수를 부른다.

전도사   예수야.

예수, 전도사 쪽으로 다가온다.

전도사   혜인이 전화 되니?
예수   ……아니요.

청년들, 예수를 흘깃거린다. 예수, 머뭇머뭇 대답이 없다. 청년들, 모른
척한다.

예수   아침까지는 안 받았어요.
전도사   어제도 걸었어?
예수   예.
전도사   (다영에게) 혜인이 전화해봤니?
다영   안 받아요.
전도사   카톡은 봐?
다영   어젯밤에 보냈는데 읽씹해서, 오늘 연습 들어오기
               전에 전화했는데 안 받아요.

전도사	너랑 언제 연락됐지?
다영	지난 주일날 예배 안 와서 전화했더니 카톡 왔었는데, 아프다 그랬어요.
전도사	어디가?
다영	몰라요, 몸이 안 좋다고.
전도사	집으로 걸어봤니?
다영	집 전화는 모르겠어요. 요새 집 전화 있는 집이 있어요?
전도사	……집사님 연락처 아니?
다영	혜인 언니 어머니요?
전도사	응.
다영	근데 집사님한테까지 연락하면 괜히 걱정하시는 거 아니에요?

전도사와 다영, 옆으로 빠진다.

전도사	내가 뭐 잘못했나?
다영	……뭐 또 말실수하셨어요?
전도사	아니…… 지난주에 연습 끝나고 내가 혜인이한테 통통해진 거 같다고 놀렸거든. 근데 혜인이가 갑자기 정색을 하더라고. 그냥 장난친 거였거든. 내가 살쪘다고 빼라고 뭐라 한 건 아니었거든. 동글동

글 귀여워서. 아니, 피부 결도 좋아진 거 같고. 그래
서…….

다영　　언니가 그런 걸로 삐질 사람이에요?

전도사　　……내가 너무 전화 많이 해서…… 짜증 났나? 귀
찮아서 안 받나?

다영　　언니는 전도사님이 손톱 뜯고 있을까 봐 걱정돼서
라도 나오지 않을까요.

사이

전도사　　……예수랑 싸운, 싸운 거 같지?

다영　　……모르겠어요.

전도사　　예수가 뭐 아는 거 같니?

다영　　…….

전도사　　집에 무슨 일 있나.

전도사, 예수를 본다. 청년들도 예수의 눈치를 살핀다.

전도사　　(불안해하며) 어제 꿈에 혜인이가 나와서, 전도사님,
전도사님 하더라고. 내일까지 연락 안 되면 집에 찾
아가볼까 해.

다영　　……좀만 더 기다려보시는 건 어때요? 연락 안 된

지 며칠 안 됐잖아요. 언니가 진짜…… 좀, 몸이 안
좋을 수도 있잖아요. 아니면 쉬고 싶다거나.

예수, 모른 척한다.

전도사   근데…….

다영   예?

전도사   예배 반주는 어쩌지.

다영   지금 반주가 문제예요?

전도사   구하긴 구해야지. 안 오면.

다영   ……예.

전도사   영아부 집사님이 난리 났어. 혜인 자매가 얘기도 안
         하고 안 나온다고. 그렇게 안 봤는데 혜인 자매 너
         무 책임감 없다고 노발대발…….

사이

다영   언니가 교회에서 하는 게 너무 많아서 그래요…….
         거절도 못 하고…….

전도사   다영 자매도 반주할 줄 알잖아.

다영   예?

전도사   잘하잖아.

다영	저 진짜 이제 시험 준비 해야 돼요.
전도사	지금 다영 자매가 뭐뭐 하고 있지?
다영	새벽기도랑 수요예배 반주요. 중등부 교사랑 총무도 하고 있어서…….
전도사	바쁘구나.
다영	예.
전도사	근데 시간은, 또 다영 자매가 하겠다고 마음먹고 구하면 주님께서 만들어주시잖아.
다영	(시영을 보고) 오빠 —.
시영	저는 반주 못 해요.
다영	오빠 실용음악과잖아. 입시, 피아노로 보지 않았어?
시영	아이, 나 못 해.

사이

전도사	당장 주일예배 어떻게 하지?
시영	…….
전도사	다음 주일예배는, 어쩌면 좋을까?

사이

| 전도사 | 어, 혜인이 올 때까지만 다영이가 해주면 안 되겠지? |

전도사	혜인이가 계속 안 나올 수도 있으니까…….
성찬	해봐.
다영	하아.
전도사	하나님께서 능력 주실 거야. 아멘…….
다영	전도사님은 뭐 봉사 시킬 때 꼭 그 소리 하시고…….
전도사	어쩔 수 없지.
시영	교회가 군대랑 똑같지 뭐. 미술 전공 하면 가서 운동장 줄 그리라고 하는 거지…….

다영, 혜인한테 전화한다. 역시 안 받는 걸 확인하고는 예수에게 다가간다.

다영	오빠. (작은 소리로) 언니랑 무슨 일 있어요?
예수	그런 거 아니야.
다영	그럼 언니 언제 마지막으로 봤어요?
예수	…….
다영	언제 보셨어요?
예수	…….
다영	오빠.

예수   ……(쭈뼛거리며) 사생활이야.

다영   ……오빠 사생활이 궁금한 게 아니라, 언니가 걱정
         돼서요. 언니 한 번도 말없이 연습 빠진 적 없잖아
         요.

예수   …….

다영   네팔 비행기표도 다 끊었는데.

예수   …….

다영   ……연락되면 얘기해주세요.

전도사   다영아……. 반주해줄 거야?

다영   (마지못해) 예.

전도사   세상에. 다행이다. 순종 순종 다영이 사랑하시는 하
         나님이 지켜보고 계시네! 다영아, 고마워.

다영   됐어요.

전도사   우리 자매님이 최고야!

전도사와 다영, 나간다. 예수는 사색이 된 표정이고, 시영이 기타 가방
을 메면 성찬이 따라간다.

성찬   어디로 가?

시영   집.

사이

성찬, 슥 주변을 둘러본다.

성찬 나랑 보드 타다 갈래?

시영 그래.

성찬, 걸어 나와서 시영에게 조용히 묻는다.

성찬 누나랑 예수 형 깨진 거 같지?

시영 어.

성찬 기분 이상해.

시영 왜?

성찬 난 맨날 누나가 아깝다고 생각했거든. 그래서 그런가, 막상 헤어졌다니까…… 고소해.

시영 못됐네.

성찬 못됐지.

시영, 피식 웃는다.

성찬 아이고. 누나 이제 어떡하냐? 선교랑, 찬양팀이랑.

시영 이래서 교회에서 연애하면 안 돼. 하면 결혼해야 해.

시영, 성찬에게 어깨동무한다. 시영이 성찬의 엉덩이를 만지면 성찬   (놀라서) 아, 미친놈아…….

시영   개판이구먼. 교회에 다들 연애하러 오는구나.

성찬   (시영을 밀어내며) 하지 마.

두 사람, 사라진다.

장면 3

혜인의 집 앞 놀이터.

혜인, 등장한다. 예수가 자전거(혹은 보드 같은 종류의 탈것)를 타고 나와 혜인의 주변을 빙빙 돈다. 혜인은 아무 표정이 없다. 예수, 그냥 돌고.

사이

혜인   얘기했어?

예수   (깜짝 놀라서) 어?

혜인   헤어졌다고 말했어?

예수, 대답 없이 혜인의 주변을 그냥 돌기만 한다.

사이

혜인   내가 말할까?

예수, 자전거를 세운다.

예수 　뭘?

사이

예수, 불안해 보인다.

예수 　뭘.

혜인 　헤어진 거.

사이

예수 　……나는 네가 이렇게 바로 결정을 내리는 게 좀 걱

　　　정돼.

혜인 　…….

예수 　집사님도 많이 놀라실 거고…….

혜인 　엄마는 너무 걱정하지 마. 내가 알아서 얘기할게.

사이

예수 　(자신 없이) 안 헤어지면 안 될까.

혜인 　…….

예수 　기도해봤는데…….

혜인 　…….

예수	때가 아니라고 하셨어.
혜인	…….
예수	…….
혜인	(힘없이, 체념에 닮은 듯) 때가 아니라고 하셨어?
예수	응.
혜인	예수야.

예수, 말없이 혜인이를 본다.

혜인	넌 가끔 하나님을 이용해. 난 그렇게 느껴.

예수, 쭈뼛거린다.

예수	자기야.
혜인	예수야, 우리 끝났어. 정말 미안하지만, 나 이제 이야기 그만하고 싶어. 내가 너한테 이미 (사이) 너무 많이 말했어. 나는 이제 (짧은 사이) 남은 게 없어.
예수	…….
혜인	…….
예수	……미안해.
혜인	나는 니가 너 말고 나를 걱정했으면 좋겠어.
예수	…….

두 사람 사이에 뭐라 말할 수 없는 불쾌한 분위기가 감돈다.

예수   그래.

혜인   기도할게.

예수   하지 마. 그 말 하지 마.

혜인   알았어.

사이

혜인, 가려고 걸음을 옮기는데

예수   (원망하듯) 우리 이렇게 끝나는 거에, 하나님이 어디
         계셔?

사이

혜인   (건조한 말투로) 넌 어디 있었어? 나 혼자 있었을 때.

예수, 대답하지 못한다. 혜인, 퇴장한다.

장면 4

예수, 성찬, 다영, 시영, 전도사가 모여 있다. 중보기도회 중이다.

성찬   저랑 엄마는 가정폭력 경험이 있어요. 아버지가 술 끊으면 좋겠다, 때리지 않으면 좋겠다, 그런 기도를 많이 했죠. 저도 어릴 땐 많이 맞았는데 이젠 아버지가 때려도 제가 이기거든요. 근데 어머니는 이제는 힘도 없으시고 몸도 안 좋으신데……. 제가 어머니한테 이혼을 계속 권해도…… 어머니가 안 된다고, 이혼은 죄라고…… 그러시는 거예요. 근데 이게 자꾸…… 내가 아버지를 죽이고 싶은 마음이 드는 거예요. 이 마음이 들 때마다 너무 괴롭고……. 이혼이 죄라고 해도…… 저희 집엔 꼭 필요한 거 같은데…… 이게 저의 교만인가 싶기도 하고 혼란스러운 거 같아요.

전도사   어떻게 기도를 해주길 바라나요?

성찬   아버지가 회개하시고 같이 교회에 다니실 수 있도록. 그게 아니라면, 어머니가 이혼을 결단하실 수 있도록. (사이) 모르겠어요. 이게 될 일인지 모르겠습니다.

전도사 아멘…… 시영 형제, 기도로 나누고 싶은 게 있으신가요.

시영 전 이번이 세 번째 시험 보는 건데 길을 잘 모르겠거든요. 이게 맞는 거라면 하나님이 어떤 생각이 있으시니까 이 길로 인도하신 걸 텐데…… 확신이 딱 서지 않아요. 자꾸 떨어지니까. 제가 만약에 분명한 꿈이 있다면 그리로 갈 건데, 모르겠거든요. 하나님께서 예비하신 게…… 예비해놓으신 게 있다면 제게 알려주실 거 같은데, 구하는 기도에는 응답이 없어요. 그래도 분명히 하나님께서 예비해놓으신 길이 있다는 걸 알고, 믿고, 주님은 또 우리에게 자유의지를 주셨으니까, 저는 제가 할 수 있는 것, 현재 생활에서 가장 필요한 걸 하고 있습니다. 공무원 시험 준비요.

전도사 아멘…… 시영 형제가 공부에 집중하고 좋은 결과 낼 수 있도록. (다영을 보면서) 네.

다영 전…… 어, 남자친구랑 헤어진 지 반년이 다 되어가는데, 어, 생각이 자꾸 나가지고. 연락 오거든요. 걔가 술 담배도 다 하고 막 많이 하는 건 아닌데. 결

혼하면 끊을 거라고 하기는 하는데. 근데 문제는 개
네 부모님이랑 개랑 다 교회 안 다니고 또 교회를
너무 싫어해요. 개독교라고 욕하고……. 걘 신앙적
으로 같이 갈 수 있는 배우자가 아니에요. 근데 그
친구는 교회 때문에 우리가 헤어지는 걸 이해 못 하
겠대요. 저 따라 교회를 오다 말다 하긴 했는데, 또
자꾸 여행을 가자 그러고, 제가 결혼 전에는 안 된
다고 얘기를 했는데, 자긴 이해가 안 된대요. 밖에
나가면 믿는 사람이 없으니까 막상 교회에서 만나
야 하는데…… 우리 교회에서는 될 것도 아니고.
……그렇습니다.

전도사　　아멘……. 다영 자매가 좋은 형제 만나서 좋은 가정
　　　　　꾸릴 수 있도록……. 네, 기도하겠습니다.

사이

예수의 차례다.

예수　　　저는…….

사이

예수　　　전…… 어…… 혜인이 문제를…… 나누고 싶습니다.

다들 조용하다.

예수   혜인이가 아파요.

사이

예수   혜인이가……. (목이 메인다.) 제가, 혜인이와의 관계
             에서 죄를 저질러서.

사이

예수   수술을 했어요. 저희가 의도치 않게…….
다영   (말 자르며) 언제?
성찬   ……무슨 수술?
예수   ……지난주에.
다영   오빠.

성찬은 무슨 말인지 감을 못 잡고, 전도사는 사색이 된다. 다영은 분노
한다.

다영   오빠, 언니한테 이거 여기서 얘기한다고 말했어요?
예수   (다영의 말을 안 듣고) 혜인이가 헤어지고 싶어 하는

데, 저는 우리의 죄를 회개하고 다시 돌릴 수 있었으면 좋겠고. 혜인이가 상처를 받은 것을…… 제가 어떻게 할 수가 없어서…… 하나님께서 혜인이를 회복시켜주실 것을 믿고 맡기고 싶습니다.

예수가 운다.

예수 아이한테도 너무 미안해요……. 제가 혜인이한테 너무 큰 잘못을 한 것 같은데…… 제가 찬양팀 리더로서도 되는 사람인지 확신이 잘 들지 않습니다. 그만둬야 할 거 같고……. 아무리 기도해도 하나님은 계속하라고 하시는데…… 전 모르겠고……. 또 혜인이를 내가 어떻게 할 수 있을지…… 혜인이를 어떻게 다시 붙잡을 수 있을지 모르겠어요. (울면서) 여기 계신 분들이 같이 기도해주시면 좋겠어요. 그리고 저희 중보 모임 규칙대로…… 모임 내에서만……. 비밀 꼭 지켜주시면 좋겠습니다.

예수, 어린아이처럼 엉엉 소리 내어 운다.

전도사 (사색이 된 채) 아…… 아아…… 하나님의 인도하심을 구하는 기도드리겠습니다.

모두 통성 기도를 한다. 울면서 찬양하는 사람들 위로 조명이 바뀌면 전환 음악이 흘러나온다.

♪ 〈주님과 같이〉 ♪

주님과 같이 내 마음 만지는 분은 없네
오랜 세월 찾아 난 알았네 내겐 주밖에 없네

장면 5

주일 오전, 화창한 날씨.

혜인의 엄마 영주가 예배를 마치고 나온다. 그 뒤로 집사 한 명이 따라
나온다.

집사	집사님!
영주	아, 집사님. 안녕하세요.
집사	오랜만에 뵙는 거 같네.
영주	아유, 제가 요새는 주일에도 가게를 나가봐야 돼가지고. 예배만 드리고 후딱 갔어요. 잘 지내셨어요?
집사	아유, 그럼요. 내가 집사님 걱정을 많이 했어요.
영주	아이, 집사님밖에 없네.
집사	혜인이는. 괜찮아요?
영주	예, 잘 있어요. 요새 몸이 안 좋아서…… 맨날 누워만 있어요. 내가 쉬라 그랬어요. 애가 워낙 비실비실하고…….
집사	안 좋겠지.

집사   그쵸? 안 좋죠.

영주   예?

집사   하나님이 혜인이 사랑하시니까 괜찮을 거예요.

영주   예?

집사   하나님이 혜인이 사랑하시니까. 하나님은 회개만 하
       면, 그럼 다 용서하시니까, 과거의 죄를 물으시는 하
       나님이 아니시니까.

영주   …….

집사   걱정 마세요. 저희 가족도 중보하고 있어요.

영주   예?

집사   예수 말고도 좋은 청년 많잖아요.

영주   ?

집사   예수 형제도 건실한 청년이긴 하지만, 아무래도 혜
       인 자매는 학벌도 그렇고, 예수 형제는 좀 못생겼잖
       아요. 빈티 나고, 멸치같이 생겼어. 그리고 이름도 모
       르는 학교 다니잖아. 결혼시키려던 것도 아니잖아
       요, 그쵸? 지방대 다니는 애를. 나는 다 이해해요. 지
       방대 다니고 예수 형제네 어, 집도 잘살지 않잖아,
       그쵸? 아버지도 안 계시고.

영주   …….

집사	잘된 거예요. 하나님이 사랑하시니까. 과거는 과거로 묻으면 되는 거니까. 세상도 변했고, 요새 젊은 사람들은 다르니까. 예수님도 다 아실 거예요.
영주	예?
집사	(하늘을 가리키며) 다 내려다보고 계시니까. 세상 변하는 거. 그죠? 아유, 가야겠네. 내가 식당 봉사가 있어서. 집사님, 또 봐요!

집사, 간다. 명한 표정의 영주, 천천히 하늘을 올려다본다.

조명이 바뀐다.

장면 6

성찬, 다영, 시영, 전도사가 모여 있다.

시영   오늘 예수 안 와요?

성찬   전화 안 받아.

시영   난리 났네…….

성찬의 휴대폰 알림음이 울린다. 성찬, 휴대폰을 확인한 다음 잠시 생각하다가,

성찬   형 연락 왔는데요. 어, 오늘 인도는 제가 하겠습니다. 예수 형이, 아 예수 형제가 개인적인 사정이 있어서, 어, 오늘 모임을 참여하지 못해서요. 요새 저희 단기선교팀 모임 안에서 일어난 문제를 놓고 저희끼리라도 터놓고 이야기를 해야 할 거 같아서 이렇게 연습 전에 모임을 하게 되었습니다.

모두 침묵한다.

성찬 이미 교회 내에 모르는 사람이 없는 상황으로 알고 있는데. (사이) 혜인 사매가 이 상황으로 말미암아 교회에 나오지 않고 있는데, 목사님께서 이번에 네팔 단기선교에 혜인 자매가 가지 않는 편이 좋겠다는 의견을 전해주셨습니다. 그래서 어, 우리끼리 이 문제에 대해서 이야기를 하고자 합니다.

무거운 침묵이 흐른다.

시영 일단 저는 혜인 자매가 가지 않는 게 맞는 거 같아요. 우리가 그리스도 안에서 정했던 기본적인 약속들이 있고, 그 율법 안에서 저는 저희 공동체가 돌아가고 있다고 생각하는데, 선교팀장인 예수 형제와 반주자인 혜인 자매 사이에서 벌어진 불미스러운 일로 인해 선교팀 전체가 영향을 받고 있다고 생각합니다. 저는 이 문제를 놓고 저희가 하나님께 기도를 해봐야 한다고 생각은 하지만, 그럼에도 혜인 자매가 가는 것이 불편합니다.

성찬 ······예.

시영 목사님 의견에 저는 동의하는 쪽입니다.

성찬　　　예.

긴 침묵이 흐르는 가운데 누군가가 헛기침을 한다.

성찬　　　혜인 자매가 그동안 청년부에서 어떻게 해왔는지는
　　　　　우리가 다 아니까. 그런 것들이, 어, 있는데, 오라 마
　　　　　라, 해도 되나. 혜인 누나가, 어, 정하는 것이, 맞지
　　　　　않나.

시영　　　목사님 뜻을 거역하자는 말씀이신 거죠?

성찬　　　그렇다기보다는, 혜인 누나가 먼저 안 간다고 하는
　　　　　게 아니라 목사님이 가지 않는 게 좋겠다고 하시는
　　　　　게…….

시영　　　혜인 자매 안 나온 지 지금 일주일이 넘었잖아요.

성찬　　　그렇긴 하지만…….

시영　　　다영 자매가 반주도 대신 하고 있고, 연습도 안 돼
　　　　　서 반주도 맨날 틀리는데.

다영　　　이제 안 틀려.

시영　　　혜인 자매는 우리가 먼저 나오지 말라고 말해주길
　　　　　원하지 않을까요?

다영　　　(날카롭게) 왜 그렇게 생각하세요?

시영　　　그럴 거 같아요. 저라면, 제가 혜인 자매라면 그렇게
　　　　　생각할 거 같아요. 전 이런 이야기가 계속 교회에서

나오는 것이 불편해요. 타협이 가능하다고 생각하니까 자꾸 얘기가 나오는 거 아닌가요? 성에 대해서 분명히 성경에 제시되어 있는 것이 있는데, 하지 말라는 게 있는데, 그설 지키고 싶지 않으니까 여러 가지 말들을 만든다고 생각하는 편이에요. 나가서 섹스하고 싶으니까. 시대가 그러니까. 변화하는 것들에 대해서 받아들인다는 어떤 명목하에, 자기들 맘대로 하겠다는 거니까. 솔직히 좋아하는 여자가 있는데 형제들이 그런, 행동에 대한 욕망이 없는 사람이 없잖아요. 형제들은 아무래도 그렇죠, 아무래도. 신체적으로.

성찬, 코웃음을 친다.

시영　　물론 자매들도 있겠지만, 성기를 보면……. 여자는 안에 들어가 있고, 남자들은 나와 있잖아요. 아무래도 청년들 사이에서는 형제들의 욕망이 훨씬 강하잖아요, 성욕이. 그런데 저는 결혼을 했는데 제 아내가 저 만나기 전에 여러, 어, 형제들이랑, 그렇게 했다고 하면……. 저는……. 글쎄요. 좀 힘들 거 같거든요. 사랑을 계속하기가.

성찬　　……사랑을 계속하기가 왜 힘든데요?

시영　　우리 다 순결서약 했잖아요. 저희 고등부에서 청년부로 넘어올 때, 저희가, 어, 하나님 앞에서 청년들 모여서 다 약속한 거 아닌가요? 크리스천으로서, 청년부 임원이자 선교팀 일원으로서, 그 서약을 지키지 않은 거잖아요. 죄를 지은 거잖아요.

시영, 흥분해서 얼굴이 벌게진다.

성찬　　⋯⋯저희는 모르는 거 아닌가요? 그 판단은 하나님 몫이 아닌가요?

다영　　근데 왜 이걸 우리가 모여서 얘기해야 돼요? 이건 예수 오빠랑 혜인이 언니 일이잖아요.

시영　　혜인이랑 예수 문제가 우리 찬양팀 문제랑 엮여 있으니까 그렇지. 분리가 돼?

사이

혜인, 옷을 툭툭 털며 등장한다. 어딘가 변한 느낌이다.

다영　　언니!

성찬　　누나! 괜찮아?

침묵.

혜인	우리 연습 아직 시작 안 했어?
성찬	예. 그게 실은, 우리가, 그 오늘, 예수 형이 못 나와서 제가, 어, 오늘 모임 인도를 하고 있고요. 그렇고, 어, 시작하기 전에, 어, 이 문제를 놓고, 이 문제라기보다는, 다들 어, 알고 있으니까, 어, 목사님이, 그, 어, 비행기표 취소했대.

침묵.

혜인	누구 비행기표?
성찬	누나 거.

침묵.

시영	목사님이 혜인이 너 안 간다고, 안 가는 게 좋겠다고 하셨어.
혜인	어? ……왜?

시영, 그 이유는 네가 더 잘 알지 않냐 하는 얼굴로 혜인을 본다.

혜인	……뭘?
시영	…….

다영	나가서 얘기해.
혜인	(차분한 어조로) 아니야, 아니야. 왜 나가서 얘기해. 지금 나한테 얘기해줘. 왜 내 비행기표를 취소했어? 목사님은 왜?
성찬	아니, 그, 형이, 선교팀장이고······.

혜인, 성찬을 바라본다.

시영	목사님이 혜인이 너도 시간이 필요할 거라고 그러셨어.
혜인	······.
시영	혜인 자매에게 회복하는 시간이 필요하다고 하셨어요. 그 시간을 우리가 배려해야 한다고.
혜인	목사님 어디 계셔?
성찬	담임목사실에······.

혜인, 나가다가 문득 뒤돌아서

혜인	(힘없는 목소리로) 여기 있는 사람들, 다 중보기도회 때 있었어?

다들 대답을 못 한다. 혜인, 나간다. 다영, 가방을 챙겨서 따라 나간다.

사이

아무도 말이 없다.

시영　　　잠깐 쉬자.

시영, 청년부실에서 나온다. 성찬, 따라 나온다. 전도사, 혼자 말없이 앉아 있다.

교회 복도.

성찬　　　(시영의 팔을 잡으며) 누나한테 왜 그래?

시영　　　조용히 해.

시영, 성찬을 멀찌감치 끌고 간다.

시영　　　너, 아까 나 말하는데 코웃음 쳤지.

성찬　　　형이 이상한 소릴 했잖아.

시영　　　······뭘?

성찬　　　형 무서웠어, 아까.

시영　　　내가 못 할 말 했냐?

성찬　　　듣고 있는데 기분이 너무 쎄한 거야. 나 왜 이상하게
　　　　　혜인이 누나한테 이입을 하게 되지? 왜 형이 누나한

테 죄책감 느끼게 만드는 거 같지?

시영   야! 낙태야.

성찬   어?

시영   애를 죽인 거라고.

성찬   ……죄지어서?

시영   어.

성찬은 생각에 빠진 듯 원을 그리며 걷는다. 시영은 계속 주변을 경계
한다.

성찬   넌 누가 너 게이인 거 알까 봐 맨날 벌벌 떨면서.

시영   입 다물어. 이게 그거랑 같아?

성찬   …….

시영   우리가 낙태해?

사이

시영   우리가 낙태하냐고.

성찬   형.

시영   우리가 교회에서 안 하는 게 뭐가 있어? 리더로 섬
          기고, 봉사하고, 단기선교 가고. 우리가 우리 성정체
          성 인정하고 받아들여달라고 우기니? 아니잖아. 우

리가 누구한테 피해를 주는데? 아무한테도 피해 안 줘. 교회에 아무 분란을 일으키지 않는다고. 우리는 그냥 우리끼리 (말이 막힌다.) 사랑하는 거야.

성찬　　사랑? 갑자기 무슨 개소리야. 혜인이 누나 얘기 하는데.

시영　　니 앞가림이나 잘 해.

성찬　　형이 제일 나빠.

시영　　닥쳐.

사이

시영　　가끔 보면 넌 나이브한 데가 있어.

성찬　　뭐가?

시영　　너는 커밍아웃하면 이 교회 목사님이, 저 전도사님이, 청년부 애들이 뭐라고 할 거 같냐? 너는 네가 이 교회에서 받아들여질 거라고 생각하냐? 임신했다고 교회 못 나오게 하는데?

성찬, 대답하지 않는다.

시영　　성찬아, 그렇게 쉽지가 않아. 네가 네 앞가림 하려면 교회에서 네가 받아들여질 거라는 환상부터 버려.

교회는 모든 걸 이해해줄 수 없어.

성찬　　모든 거 뭐? 내가 형이랑 연애하는 게 교회가 모—든 걸 납득해야 되는 일이야? 중보 핑계 대면서 지 유리하게, 아무도 예수 형한테 가해자라고 안 하고……. (울먹이며) 그거랑 우리 사랑하는 거랑 똑같아? 이건 그냥 아무거나 막 모든 걸 이해해야만, 모—든 것이 허락되어야만 비로소 말이 되는 거야? 우리가 연애하는 게?

시영　　그만하라고 했다.

시영, 뒤돌아 나가려는데

성찬　　우리가 죄를 짓고 있다고 생각해?

시영, 나가다가 멈춘다. 돌아보지는 않는다.

시영　　언젠가 말할 수 있을 거야. 우리는 죄인이 아니라고.
성찬　　언제?

성찬, 시영 앞에 선다.

성찬　　……나중에?

성찬, 시영을 뚫어져라 본다.

성찬   그만하자.

시영   야.

시영, 성찬의 팔을 붙잡는다. 성찬, 뿌리치고 떠난다.

시영   그래, 가. 씨발, 가.

시영, 혼자 남는다.

담임 목사실.

목사와 혜인이 마주 보고 앉아 있다. 두 사람 다 고민이 많은 얼굴이다.

목사   혜인이 괜찮니?

혜인   네.

목사   혜인아, 하나님은 너를 사랑하신다. 주님은 나의 죄를, 너의 죄를 사하시려고 십자가에 박혀서 돌아가신 분이야. 그런 분이 네가 의도치 않게 죄를 범했다고 해서 절대로 널 버리지 않는다. 오히려 너의 상처를 치유하시고, 기도하는 중에 너와 하나님의 교제가 더 깊어지는 계기가 될 수도 있어. 하나님은 너를 제일 잘 아시는 분이다.

혜인   ……네.

목사   기도해보자. 집에서 좀 쉬면서 몸조리도 하고. 단기선교는 나중에 가면 돼. 네가, 이 일에 스스로 기도하고 청년부 지체들도 우리에게 벌어진 이 사건에 대해서 기도로서 준비되고 너를 받아들일 마음의 준비가 되어 있을 때, 그때를 보고 회개하고 돌아오면 된다.

혜인　　네.

혜인, 나간다. 밖에서 기다리던 전도사가 혜인을 지나쳐 들어온다.

전도사　　(상사에게 보고하듯) 혜인 자매가 상처받은 거 같아요.

사이

목사　　……어쩔 수 없죠.

전도사　　이런 상황에서 예수 형제는 가고 혜인 자매만 안 가면 앞으로 혜인 자매, 계속 교회 못 나올 수도 있지 않을까…….

목사　　교회는 그대로 남아 있으되, 세상은 교회를 따르게 만들어야 하는 겁니다.

전도사　　아무리 그래도, 혜인이가 너무……. 이건 좀……. 피해자는 혜인이잖아요.

목사　　전도사님.

전도사　　……네.

목사 저는 교회의 청년부 지체들이 지금 벌어진 상황으로 인해 받고 있는 정신적인 피해를 우선시해야 한다고 생각합니다.

전도사 교회가 무슨 피해를…….

목사 청년들은 예민한 시기를 지나고 있습니다.

전도사 …….

목사 청년부 임원이기도 한 혜인 자매가 지은 죄에 대해서 영향을 받을 수밖에 없어요.

전도사 죄라고 하심은. 예수와 혜인이가 같이…….

목사 심지어 청년부 찬양팀 리더라는 형제랑……. 그런 형제와 자매가 동시에 청년부를 섬기고 있는 것이 말이 된다고 생각하십니까?

전도사 그래서 혜인이를 쫓아내시는 거예요?

사이

목사 혜인이를 위해서, 혜인이가 주님과 더 깊게 만나는 시간을 갖기를 원해서입니다. 혜인이를 위하고 청년부를 위하는 일이에요. 죄에 대해서 더 깊게…….

전도사 목사님, 지금 집중해야 할 것은 낙태의 '죄성'이 아닌 거 같은데요…….

목사 낙태가 죄가 아닙니까?

전도사	…….

목사 그래서 낙태가 죄가 아니라는 겁니까, 전도사님은? 지금 그것도 죄가 아니라고 하시겠다는 겁니까? 그렇게 선포하기를 원하시는 겁니까, 청년들에게? 죄가 아니다, 얼마든지 관계하고 얼마든지…… (머뭇한다.) 해라, 하나님은 그거 죄 물으시지 않는다, 그렇게 말하길 원하시는 거예요? 그것이 사명입니까? 그게 사명이라면, 나는 목회자를 할 수가 없습니다.

전도사 그걸 죄로 만들어서…… 그렇게 청년들 정죄하면 하나님이 기뻐하실까요……? 그렇게 정죄하고 죄책감만 키워서…… 뭘 얻을 수 있을까요? 혜인이를 잃으면, 그렇게 얻는 게 뭘까요?

잠시 뒤 예수가 등장해서 기타를 치며 노래한다.

♪ 〈약할 때 강함 되시네〉 ♪

약할 때 강함 되시네
나의 보배가 되신 주
주 나의 모든 것
주 안에 있는 보물을 나는 포기할 수 없네
주 나의 모든 것

예수 어린 양 존귀한 이름

예수 어린 양 존귀한 이름

찬양이 끝나고 청년부가 주섬주섬 무대를 정리하는 동안 자막이 뜬다.

〈영상 자막〉

한 달 후

청년들이 찬양 연습을 앞두고 강단에서 악기를 정리하고 있다. 그때
혜인이 등장한다. 헤어스타일도 옷차림도 바뀌었다. 눈빛도 변했다.

혜인   (해맑은 표정으로) 얘들아, 늦어서 미안해. 나 낙태하

고 오느라고.

장면 8

혜인, 반주석에 앉아 연주를 시작한다. 찬양팀, 다 같이 노래한다.

♪ 〈기뻐하며 승리의 노래 부르리〉 ♪

기뻐하며 승리의 노래 부르리

그 백성 주가 회복시키시네 (아멘!)

그 사랑으로 억눌렸던 자 모아

칭찬과 명성 얻게 하시네

전심으로 기뻐하리

전능의 왕 함께하시네

기뻐 외치며 주께 두 손 들리

춤을 추며 왕께 찬양해

모든 원수를 멸하신 주님

전능의 왕 (전능의 왕) 함께하시네 (아멘!)

기타를 든 예수가 찬양을 인도한다.

예수   전능의 왕 우리와 함께하십니다! 구원과 생명을 주
        시는 주님을 찬양합니다! 날마다 우리 삶 속에 동행
        하시는 살아 계신 주님만 찬양하길 원합니다!

무언가에 심취해 반주하는 혜인. 성도들은 혜인의 현란한 연주에 취하
고, 영성에 취하고, 하나님 아버지의 사랑에 취한다. 예배의 분위기가
한껏 달아오른다. 잠시 뒤 조명이 바뀌고 혜인에게 환상이 보인다.

목사   혜인아.

반주는 계속 이어진다.

목사   ······혜인아.

사이

목사   (큰 소리로) 혜인아!

혜인, 반주를 멈추고 벌떡 일어난다

혜인   왜요?
목사   네가 우리 모두를 힘들게 하고 있어.

혜인	제가요?
목사	네가 교회를 흔들고 있어.
혜인	제가 무슨 힘이 있어서요?
목사	너의 죄를 고백하지 않고 있어.
혜인	예수는요?
목사	우리는 모두 죄인이야.
혜인	그래서요?
목사	예수는 반성하잖아. 예수는 회개했어.
혜인	아……. 나 진짜.

혜인, 다시 미친 듯이 연주한다. 성도들이 환호한다. 하나님을 향한 것인가, 혜인을 향한 것인가. 혜인이 하얀 카디건의 단추를 잠그고 머리를 단정하게 하나로 묶는다. 열정적인 반주가 이어진다. 탈코르셋 전의 혜인이 자리에서 일어나 두 손을 모으고 큰 소리로 인사하기 시작한다.

혜인	목사님, 안녕하세요.
	집사님, 안녕하세요.
	새로 오신 성도님, 안녕하세요?
	아멘.
	아, 네.
	아, 정말요?
	아멘—.

(진지하고 순종적으로) 기도해보겠습니다.

(진심으로) 아, 감사합니다.

아멘.

아멘.

아멘.

아멘————.

제가 할게요.

저 주세요, 괜찮아요.

저 새벽에 잘 일어나요.

예, 그러죠 뭐.

고맙습니다.

뭐, 그러죠 뭐.

순종할게요!

괜찮아요.

아멘.

아———멘.

혜인, 갑자기 고함처럼 소리를 지른다.

혜인   아아아아메에에엔!

사람들이 박수를 치다가 멈춘다. 혜인, 나간다.

장면 9

목사 (관객-성도들을 향해) 여러분, 사자의 벌린 입 앞에 앉아서 '하나님, 저희가 사자에게 잡아먹히지 않게 도와주세요' 기도하면 사자가 우리를 안 잡아먹을까요? 여러분, 낯선 밤바다에 가서 남녀가 단둘이 손잡고 걸으면서 '하나님, 아무 일도 없게 해주세요' 기도하면 아무 일도 일어나지 않을까요? 여러분, 소용이 없습니다. '상황'을 만들지 말아야 합니다. 결혼 전 밤 10시 이후 데이트를 삼가고, 남자와 여자가 둘이 있게 되는 고립된 장소에 가지 않아야 합니다. 스킨십에는 절제가 필요합니다. 모든 성적인 행위는 결혼한 관계로 한정되어야 하며, 결혼 전까지는, 성적 부도덕의 모양을 지니는 모든 행위를 삼가야 합니다. 손을 잡거나 포옹을 하거나 가벼운 입맞춤을 하는 것 이외에는 삼가야 합니다. 성경에서 결혼 전 성관계는 간음이나 다른 모양의 성적 부도덕과 동일하게 여겨집니다. 남편과 아내 사이의 성관계만이 하나님께서 인정하시는 성적인 관계입니다.

객석 어딘가에 앉은 혜인이 손을 높이 든다.

혜인   질문 있습니다.

목사, 혜인을 보고 잠시 생각하다가 외면하고 계속 이야기한다.

목사   성경은 이렇게 말하고 있습니다. "그러므로 누구든지 이런 것에서 자기를 깨끗하게 하면 귀히 쓰는 그릇이 되어 거룩하고 주인의 쓰심에 합당하며 모든 선한 일에 준비함이 되리라." 디모데후서 2장 21절 말씀입니다.

혜인   목사님! 질문 있습니다.

목사   네.

혜인   그러면 혼전 성관계를 하면 더러운 그릇이 되는 건가요? 성경에서 혼전 성관계를 하지 말라고 한 것은 당시의 시대상 때문이 아닌가요? 그런 의미에서 '순결'의 21세기적 재해석이 필요한 것 아닐까요? 우리의 사랑은 서로를 건설하는가? 나는 너를, 너는 나를 전인격적으로 정말 '순결'하게 서로를 마주 보고 서로에게 헌신하는가? 기독교인으로서 현시점에서

하나님을 느끼는 사랑을 지향하려면, 새로운 윤리적 접근이 필요하다고 생각합니다.[●]

목사   21절. "또한 너는 청년의 정욕을 피하고 주를 깨끗한 마음으로 부르는 자들과 함께 의와 믿음과 사랑과 화평을 따르라."

혜인   재생산과 남성 중심의 가계 혈통을 지키기 위한 가부장적 성 통제의 윤리는 더는 유효하지 않습니다. 우리가 지켜내야 할 신앙고백은, '관계적 힘'이신 하나님께서 우리에게 선물로 주신 사랑을 통해 온몸과 맘을 다해 서로를 사랑하고 건설하는 것이죠![●]

목사   23절. "어리석고 무식한 변론을 버리라, 이에서 다툼이 나는 줄 앎이라."

혜인   목사님!

목사   25절. "거역하는 자를 온유함으로 훈계할지니 혹 하나님이 그들에게 회개함을 주사 진리를 알게 하실까 하며", 설교 끝났습니다. 찬양하겠습니다.

혜인   목사님!

목사   (찬양팀을 향해) 찬양하겠습니다!

성찬, 망설이다가 드럼 연주를 시작한다. 혜인, 우레와 같은 목소리로

[●]   백소영, 『페미니즘과 기독교의 맥락들』, 뉴스앤조이, 2018.
[●]   같은 책.

혜인   목사님!

혜인의 목소리가 드럼 소리에 묻힌다.

장면 10

청년부실.

혜인과 다영, 선교지에서 네팔 아이들에게 나눠줄 사탕 목걸이를 만들고 있다.

다영   언니 진짜 단기선교 갈 거야?

혜인   가야지.

사이

다영   표는 어떻게 해?

혜인   표 취소하셨다길래 내가 샀어.

다영   그래도 돼?

혜인   하나님이 나 사랑하시고, 단기선교 가래. 기도 중에
               응답받았고.

사이

다영   괜찮아?

혜인   뭐가?

다영   언니 요새 보면…… 꼭 다른 사람 같다.

혜인   그래?

사이

다영   (사탕 목걸이를 만들면서) 애들이 언니 페미 같대.

사이

혜인   아, 그래?

혜인, 덤덤한 표정으로 사탕 목걸이를 만든다.

혜인   내가 '영화로 읽는 철학'인가, 계절학기 수업에서 들
         었는데.

다영   어.

혜인   사자는 사람들이 사자라고 부르지 않아도 그냥 사
         자래.

다영   언니 사자야?

혜인   너도 사자야.

두 사람, 좀 더 속도를 내서 사탕 목걸이를 만든다.

혜인   이런 걸 네팔 보육원 애들이 좋아하나?

다영   글쎄.

혜인   나라면 립스틱, 아이섀도, 게임기 같은 거 좋아할 거 같은데.

다영   나 같은 애들도 있잖아.

혜인   (피식 웃으면서) 그러고 보니 너 화장한 거 한 번도 못 봤네.

다영   없어 보여?

혜인   뭔 소리야. 그냥 물어보는 거야.

다영   난 안 예뻐서 안 하는 거야.

혜인   뭐?

다영   나같이 못생긴 애들은 어차피 화장해도 똑같아. 화장해봤자 다들 '애쓴다'라고 생각할 거고. 그리고 나는 몸매도 구려서 옷도 이렇게 입는 게 편해.

혜인   누가 너 못생겼대?

다영   어? 애들이. 학교 때 우리 반 남자애들이 밥 먹을 때 뒤돌아 먹으라고 맨날 그랬어.

다영, 킥킥거리며 웃는다. 혜인, 들고 있던 사탕 목걸이를 내려놓는다.

혜인   왜 그걸 웃으면서 말해?

다영   그럼 이걸 울면서 얘기해?

혜인   그래서 어떻게 했어?

다영   웃고 넘겼지 뭐. 농담한 거니까. 피곤하기도 하고.
         그런 거 문제 만들기도 싫고. 교회에서도 아무도 나
         안 좋아하잖아. 언니 같은 예쁜 자매들 좋아하고. 그
         리고 집사님들도 언니, 음, (약간 버벅대면서) 그 일 있
         기 전에는, 장로님이랑 집사님들도 다들 언니 같은
         며느리 보고 싶다 그랬잖아.

혜인, 피식 웃는다.

혜인   나 같은 며느리. (피식하고는) 넌 교회 다니는 게 좋
         아?

다영   좋냐고?

사이

다영   교회가 좋고 안 좋고 그런 건가? 그냥 다니는 거지.

사이

혜인   넌 교회 왜 오는데?

다영   오지 않는 게 더 어려운 거 같은데. 안 온 적이 없으
       니까. 안 온다고 생각하면 마음이 굉장히 불안하고.
       한 주만 빠져도 전도사님 집사님 목사님 우리 소모
       임 사람들 다 전화하고…… 걱정하고……. 교사도
       하고, 반주도 하고, 또 모임장이고. 또, 어, 또 교회
       안 나오면 확실히 마음이 좀 어려워. 교회에서 예배
       드리고 주님 만나고 회복하면, 좀 나아지는 거 같기
       도 하고. 나한테 하나님이라도 없으면 어쩌나, 난 어
       떻게 사나, 그런 생각도 하는 거 같아.

혜인   왜?

다영   (차분한 목소리로) 내가 대학이 좋은 것도 아니고 집
       안이 좋은 것도 아니고 외모가 특출나게 예쁘거나
       형제가 잘나가는 것도 아니고. 장애 있는 언니 하나
       밖에 없잖아. 나는, 나한테 하나님은 그냥 마지노선
       같은 거야.

혜인   어떤?

다영   그냥. 나를 구하시는, 나를 살게 하시는, 마지막, 보
       루 같은 거?

혜인   ……그게 꼭 하나님이어야 해?

다영   (잠깐 생각한 뒤) 그럼 언니한텐 하나님 말고 뭐가 언
       니를 살게 하는데?

사이

혜인   나.

다영   멋있다. 진짜야, 언니 너무 멋있어. 요즘 더 그래.

혜인, 다영의 머리를 쓰다듬어준다.

사이

두 사람, 다시 사탕 목걸이를 만든다.

혜인   넌 정말 예뻐. 그리고 나중에 또 누가 너한테 나쁜

           말 하면, 나한테 말해. 혀를 뽑아버릴게.

다영, 웃는다.

다영   고마워.

그때 예수가 들어온다. 다영, 눈치를 보며 일어난다.

다영   나는, 어, 저기, 반주 연습을 할 시간이다!

다영, 나간다.

장면 11

예수   …….

혜인   요새 보면 나 혼자 임신했던 거 같아.

예수   …….

혜인   너랑 나랑 섹스는 같이 했는데.

예수   (말을 끊으며) 그 단어 안 쓰면 안 돼?

혜인   뭐?

예수   그, 단어.

혜인   왜?

사이

예수   다른 단어도 많잖아.

혜인   섹스, 섹스, 섹스, 섹스, 섹스, 섹스. 보지, 자지, 보지,
　　　　　자지, 보지, 자지.

혜인, 양손으로 성행위하는 모양을 만들어서 탁탁 친다.

예수	(수치스러운 듯) 하지 마.

사이

혜인	이 모든 문제가 너로 인해 발현된 거라는 생각 안 해?
예수	그렇게 생각해. 내가 죄를 범해서 벌어진 문제니까.
혜인	지금 너랑 나랑 섹스한 거 얘기하는 거 아니야. 나는 너랑 나랑 관계한 게 죄라고 얘기하는 것이 아니라, 내 허락 없이 중보기도회에서 우리의 연애와 성관계와 임신과 임신중절을 사람들에게 이야기한 걸 말하는 거야.
예수	미안해. 다 내가 잘못했어, 혜인아.
혜인	누나라고 불러.
예수	(혜인의 말이 끝나기가 무섭게) 누나.
혜인	그래. 이제 여자친구 아니고, 원래 나 반말하는 거 별로 안 좋아했어. 왜 꼭 남자애들은 연애하고 나면 '반모'하려고 하는지 모르겠어.

사이

예수	단기선교 갈 거야?

혜인	어. 예수야, 나 단기선교 갈 거야. 그리고 네가 안 갔 으면 좋겠어.
예수	어?
혜인	나는 이 모든 문제에 있어서 비켜나 있는 네가 스스 로 회개하는 시간을 좀 가졌으면 좋겠어.
예수	정죄하는 거야?
혜인	정죄는 주님 몫이지, 내 몫이 아니고. 네가 찬양팀 리 더로서 섬기면서 이 모든 것에 대해 책임이 없는 태 도로 존재하는 것을 원하지 않아.
예수	목사님께 말씀드렸어.
혜인	뭘?
예수	가지 않겠다고.
혜인	그랬더니?
예수	가야 한대. 내가 중보기도회에서 나눈 일로 결과적 으론 이렇게 되었지만, 너를 위해서 기도해달라는 리더로서의 요청이었기 때문에 죄라고 보기 어렵고, 또한 지금 시점에서 선교팀장직을 내려놓는 것은 책 임을 다하지 못하는 거래.
혜인	……그럼 난 왜 안 갔어야 하는데?
예수	너는 몸조리도 해야 하고…….

혜인, 코웃음을 친다.

예수   나, 모든 게 다 내 잘못이라고 생각해.

혜인   예수야.

예수   어.

혜인   모든 게 다 내 잘못이다, 하는 건 진짜 사과가 아니야. 무엇을 잘못했는지 고백하고, 앞으로 이 상황을 어떻게 변화시킬지에 대해서 고민하고, 그리고 다시는 같은 잘못을 저지르지 않겠다고 다짐하고 공표하는 것이 사과야.

예수   너 왜 이렇게 변했어?

혜인   이제 정신 차린 거야.

사이

예수   미안하다. 네가 나 때문에 너무 상처받아서…….

혜인   다시 한번 말하지만, 네 잘못은 유통기한 확인 안 하고 콘돔을 쓴 거고, 너와 나의 개인적인 문제를 내가 없는 자리에서 공표한 거야. 나와 섹스를 한 것이 아니라. 내 잘못은 네가 콘돔 한 거 한 번 더 확인 안 한 거고.

예수   …….

혜인   좆 잡고 반성해. 앞으로는 그렇게 살지 말고.

혜인, 나간다. 잠시 뒤 다영이 나와서 마이크를 잡고 찬양을 시작한다.

♪ 〈오진 예수〉 ♪

다 같이) 예수님은 누구신가

예수님은 누구신가

예수님은 누구신가

혜인, 나와서 랩을 한다.

혜인) 우는 자의 위로와 없는 자의 풍성이며

천한 자의 높음과 잡힌 자의 놓임 되고

다 같이) 예수님은 누구신가

혜인) 약한 자의 강함과 눈먼 자의 빛이시며

병든 자의 고침과 죽은 자의 부활 되고

다 같이) 예수님은 누구신가

혜인) 추한 자의 정함과 죽을 자의 생명이며

죄인들의 중보와 멸망자의 구원 되고

다 같이) 예수님은 누구신가

혜인) 온 세상의 구주시며 모든 왕의 왕의 왕

다 같이) 예수는 오지신 분 (오지구요)

예수는 진리신 분 (진리구요)

그의 능력친 만랩

한계가 없으신 클래스

예수는 오지신 분 (오지구요)

예수는 진리신 분 (진리구요)

나를 창조하시고

사랑의 본체이신 주

ㅇㅈ (범사에 그를 인정해)

ㅇㅈ (범사에 그를 인정해)

주는 나의 모든 것

나의 최애 되신 주님

(범사에 그를 인정 범사에 그를 인정해)

ㅇㅈ (범사에 그를 인정해) (ㅇㅈㅇㅇㅈ)

ㅇㅈ (범사에 그를 인정해) (ㅇㅈㅇㅇㅈ)

주는 나의 모든 것

나의 최애 되신 주님

ㅇㅈ

ㅇㅈ

주는 나의 모든 것

나의 최애 되신 주님

(범사에 그를 인정 범사에 그를 인정해)

ㅇㅈ *(범사에 그를 인정해)* *(ㅇㅈㅇㅇㅈ)*

ㅇㅈ *(범사에 그를 인정해)* *(ㅇㅈㅇㅇㅈ)*

주는 나의 모든 것

나의 최애 되신 주님

주는 나의 모든 것

나의 최애 되신 주님

주는 나의 모든 것

나의 최애 되신 주님●

● CPR의 앨범 '실화 Part.1'(2017) 수록곡.

장면 12

담임 목사실.

목사의 머리 위로 조명이 비친다.

목사   하나님, 제가 어떻게 하길 원하십니까……?

목사, 찬양한다.

    ♪ 〈나를 지으신 이가 하나님〉 ♪

    나를 지으신 이가 하나님

    나를 부르신 이가 하나님

    나를 보내신 이도 하나님

    나의 나 된 것은 다 하나님 은혜라

목사를 중심에 놓고 예수, 시영, 성찬, 전도사가 워십댄스를 한다.

한량 없는 은혜

갚을 길 없는 은혜

내 삶을 에워싸는 하나님의 은혜

나 주저함 없이 이 땅을 밟음도

나를 붙드시는 하나님의 은혜

혜인, 들어온다. 모두 퇴장하고 목사와 혜인만 남는다. 찻잔을 두고 마
주 앉은 목사와 혜인.

목사   혜인아.

혜인   예.

목사   (한숨을 쉬고) 기도는 하고 있니?

혜인   예.

목사   그래서 주님과의 대화가 충분히 이루어지고 있니?

혜인   어느 때보다 많은 대화를 하고 있어요.

목사   기도로 주님을 뵙고 있니?

혜인   새벽기도에서, 잠들기 전에, 인강 듣다 쉬는 시간에
        주님과 시시때때로 만나고 있어요.

사이

목사   하나님과의 교제가 혜인이 안에서 충분히 이뤄지고

있는 거 같니?

혜인　　예.

사이

목사　　교제가 무엇이라고 생각하니?

혜인　　목사님께서 제가 유치부 때부터 말씀해주셨던 그거
　　　　요.

목사　　그래?

혜인　　매초 매분 매시간 매일 아침과 매일 잠들기 전……
　　　　매 순간 질문하는 거예요. 그러면 거기에 하나님이
　　　　계세요. 예수님, 제가 어떻게 하면 좋겠어요? 예수님,
　　　　저를 사랑하시지요? 예수님, 지금 저의 말과 행동이
　　　　예수님을 닮기를 원합니다. 매 순간 주님과 인격적
　　　　으로 만나는 거요. 목사님이 늘 말씀하셨잖아요. 지
　　　　금 제가 하는 말과 행동 들이 목사님한테 납득이 안
　　　　된다고 해서, 저랑 주님의 관계까지 의심하면 안 돼
　　　　요. 목회자가 모든 걸 다 아는 건 아니니까요.

목사　　넌 교회에 분란을 만들고 있어.

혜인　　썩은 상처를 드러내고 교회에게 반성하고 회개할 것
　　　　을 요구하는 것은 분란을 만드는 게 아니에요. 그걸
　　　　드러내지 못하도록 입을 막고 그냥 덮어두는 게 상

처를 곪고 부패하게 해서 도무지 쓸 수 없게 만들어 버리는 것이지요.

목사   청년부 모두가 너 하나 내문에 흔들리고 있어. 네가 임신하고 낙태했기 때문이 아니야. 네가 모두를 고의적으로 흔들고 있고, 이 교회와 하나님을 의심하고 있기 때문이야.

혜인   목사님한텐 목사님이 믿는 방식의 하나님이 있고, 나한테는 나의 하나님이 있어요. 자꾸 설명하고 변명하라고 요구하지 마세요.

목사   너 회개는 했니?

혜인   사과하세요. 공식적으로. 목사님 뒤에 장로님들이랑 집사님들이랑 교단 분들이랑 다 있어서 두려울 수 있어요. 근데 교회에서 자매 하나 더러운 그릇 만드는 거 너무 쉽잖아요.

목사   혜인아, 목사에게 할 말이 있고 못 할 말이 있는 거야. 내가 그래도, (울먹이며) 이 교회 담임목사야.

그때 하나님이 등장해 두 사람 사이에 조용히 앉는다.

혜인   예.

목사   (마른침을 삼키고) 그래.

사이

혜인, 테이블 위에 있는 찻잔을 치우려는데

목사　　뒤라. 내가 치울게.

하나님　　(혜인에게) 우재가 치우라 그래.

혜인　　…….

하나님　　아니, 여긴 우재 방이고 넌 손님이니까……. 아니야, 정 맘에 걸리면 네가 치워, 그래 뭐.

혜인, 찻잔을 치운다.

하나님　　다음에는 네가 치워주지 마. 우재는 자긴 컵 치우는 거 안 해도 되는 줄 알아. 우재는 가만히 있어도 자동으로 컵이 닦여서 건조대에 놓여 있는 줄 안다니까……. 혜인아, 가자, 이제. 고생했어.

하나님, 혜인을 데리고 나오면서 어깨동무를 한다. 혜인, 하나님의 손을 슥 쳐서 치운다. 하나님, 손을 내린다. 목사, 혜인의 등 뒤에 대고

목사　　혜인아, 너 신천지니?

혜인, 어이가 없다.

혜인	이만희 개새끼.
목사	……그렇게 내 사과가 듣고 싶어?

혜인, 뒤돌아 목사를 쳐다본다.

혜인	(고개를 끄덕이며) 네.
목사	미안하다.
혜인	사과해. 나 말고 이 공동체한테.
목사	미안하다.
혜인	아니, 주일날 공동체한테.

목사, 혜인을 빤히 본다.

혜인	주일날. 공동체 앞에서. 설교할 때 사과해.
하나님	우재야, 네가 사과해야 돼. 네가 잘못했어.
목사	(혼잣말로) 주님.
하나님	……응?
목사	내가 뭘 잘못했니?
하나님	이때까지 혜인이가 말했잖아. 내가 언제 너더러 뭐냐, 그, 관계하고 나면 더러운 그릇이라 그랬니? 너 청년들 마음속에 죄의식만 키워서, 애들이 무슨 수감된 사람처럼 나한테 복종하는 거, 그런 거 내가 원

한 거 아니야. 너 『1세기 교회 예배 이야기』● 책 안 읽었니? 너 그런 교회 만든다고 한 거 아니었어? 사역 시작할 때? 성별이랑 나이랑 직분에 상관없이 모여서…….

목사 주님.

하나님 응?

혜인 목사님 앞에 있는 건 저예요. 하나님 이름으로 회피하면서, 당신이 살아온 방식이 아닌 세계에 대해서 외면하려고 하지 마요.

목사 내가 뭘, 뭘 잘못했어? 내가 청년부 처음 시작했을 때부터 청년들 전부 다 데리고 충남까지 두 시간 반 거리도 다 데려다줬어. 목사 월급 쪼개서 애들 생활비 줬고, 나 혈액암 수술하고도 새벽기도 안 빠졌어. 그 시간 동안 단 한 번이라도 내가 나를 위한 기도를 했다고 생각하니? 아니, 천만에. 나한테는 청년이 전부야.

혜인 목사님 당신의 진심은 소용이 없어. 나는 당신이 한 모든 것을 부정하는 게 아니야. 그리고 하나님? 하나님도 당신 송두리째 부정하는 분 아니야. 나와 당신이 아는 하나님이 아주 조금이라도 같다면, 하나님 그렇게 속 좁지 않아. 네가 잘한 게 있다고 해서, 나를 죄인 취급하고, 교회에 분란을 일으키는 사람 취급하고 그래도 되는 자격이 생기는 게 아니야. 나 이 먹은 남자들은 누가 자기한테 싫은 소리 조금만 해도 인생이 송두리째 부정당하는 거 같나 본데, 아니야. 나는 당신한테 더러운 그릇 취급을 받았어도, 내가 받은 피해의 한 조각도 인정받지 못했어도, 상관없어. 그리고 그게 내 하나님이 나한테 말씀하신 거야.

목사   …….

혜인   사과해. 혼전 성관계를 죄로 단정 짓고, 성관계가 서로를, 영혼을 파멸시키는 거라고 말했던 것을 사과해. 그리고 이 교회에 퍼진 소문으로 말미암아 내가 받은 피해에 대해서 청년부 목사로서 책임감 있는 모습을 보이지 못했던 것을 사과해.

목사   그럼 나는?

사이

목사   그럼 나는 뭐니, 혜인아?

혜인   ……목사님한텐 청년이 전부라면서요.

하나님, 아무 말 없이 듣고 있다.

혜인　　　……청년이 전부라며요!

목사, 하나님을 본다. 하나님, 목사를 본다. 혜인, 하나님을 본다. 목사
와 하나님이 서로를 바라본다.

암전.

에필로그

찬양팀, 다 같이 노래 부른다.

♪ 〈기뻐하며 승리의 노래 부르리〉 ♪

기뻐하며 승리의 노래 부르리

그 백성 주가 회복시키시네 (아멘!)

그 사랑으로 억눌렸던 자 모아

칭찬과 명성 얻게 하시네

전심으로 기뻐하리

전능의 왕 함께하시네

(전심으로 기뻐하리 전능의 왕

우리 함께 우리의 강하신 용사

구원과 승리 주시네)

기뻐 외치며 주께 두 손 들리

춤을 추며 왕께 찬양해

모든 원수를 멸하신 주님

전능의 왕 *(전능의 왕)* 함께하시네 *(아멘!)*

하나님, 나와서 함께 춤춘다.

막

참고 자료　　백소영,『페미니즘과 기독교의 맥락들』, 뉴스앤조이, 2018.

　　　　　　김진호 · 강남순 · 박노자 · 한홍구 · 김응교,『권력과 교회』, 창비, 2018.

　　　　　　이민지,『언니네 교회도 그래요?』, 들녘, 2020.

　　　　　　로버트 뱅크스,『1세기 교회 예배 이야기』, 신현기 옮김, IVP, 2017.

　　　　　　월간『복음과 상황』

　　　　　　기독교 인터넷 신문 '뉴스앤조이'

오십팔키로

시간	봄

공간	상가 건물의 오래된 헬스클럽

등장인물	연경	고2
	성우	고2
	아이1	고2
	아이2	고2
	아이3	고2
	엄마	연경의 엄마, 사십대 초반
	형	성우의 형, 이십대 초반

무대 헬스클럽 실내. 러닝머신 몇 개와 근력 운동 기구들이 놓여 있다. 뒤로는 여자 샤워실, 남자 샤워실로 향하는 문이 있다. 무대 뒤편으로는 조금 빛바랜 현수막이 붙어 있다. '특가 1개월 13만 원 / 한 달 이내 9kg 감량 시 전액 환불'.

프롤로그

조명 들어오면 연경이 등장한다. 아이들이 헬스클럽에서 놀고 있다. 아이들은 연경을 보지 못한다. 연경, 아이들을 피해 러닝머신으로 간다. 시작 버튼을 누른다. 걷는다. 뛰기 시작한다. 잠시 뒤 성우가 등장한다. 성우, 연경 옆 러닝머신 위에 선다. 뛰기 시작한다. 두 사람, 계속 뛴다. 아이들은 옆에서 즐겁게 논다. 이들의 눈에는 연경과 성우가 보이지 않는 듯하다.

암전.

1장

성우와 연경, 러닝머신 위에서 뛰고 있다. 땀범벅이다. 연경, 뛰다가 속도를 점점 줄인다. 러닝머신에 달린 TV 전원을 누르며 속도를 늦춘다.

연경　　……이거 티브이가 안 나오는데.

사이

연경, 천천히 걸으며

연경　　이거 티브이가 안 나와.

성우　　그거 원래 그래.

연경　　언제부터?

성우　　원래부터 그래.

연경　　그런데 이거 왜 안 고쳐?

성우　　몰라. 고쳐놔도 사람들이 또 고장 내니까 그냥 안 고치나 부지.

연경　　이젠 여기 우리밖에 없잖아.

성우, 계속 뛴다. 연경, 걷는다.

연경   여기 앞에 현수막에 쓰여 있는 거 보니까 9킬로 빼
         면 이거 돈 환불해준대.

성우   알아.

연경   너도 그거 봤어?

성우   어, 그거 계속 붙어 있어. 여기 장사 안 돼.

연경   너 그래서 환불받은 사람 봤어?

성우   아니.

연경   왜?

성우   9킬로 빼는 거 힘드니까.

연경   한 달이잖아.

성우   한 달 금방 가.

연경   일주일에 2킬로만 빼면 돼.

성우   일주일에 2킬로가 쉬운 줄 아냐?

연경   너 그럼 환불 안 받을 거야?

성우   아니, 받을 거야.

연경   왜 이랬다저랬다야.

성우   9킬로 뺄 거야.

연경   난 더 뺄 거야.

성우   너는 살 왜 빼는데?

연경   뚱뚱하니까.

성우 안 뚱뚱한데.

연경 넌 살 왜 빼는데?

성우 ······그냥.

연경 그래. 넌 좀 빼야 되겠다.

성우 내가 물어봤냐?

연경 넌 9킬로 가지고 안 돼. 넌 30킬로는 빼야 돼.

성우 누가 물어봤냐고. (혼잣말처럼) 물어보지도 않은 걸 혼자 씨부려. 터진 주둥이라고.

사이

연경, 다시 뛰기 시작한다. 성우, 계속 뛴다.

연경 너, 그러니까 애들이 너 싫어하는 거야.

꽤 긴 사이

헉헉대는 두 사람.

성우 니가 살 뺀다고 친구가 생길 거 같냐?

연경, 러닝머신을 꺼버리고 멈춰 성우를 노려본다. 눈물이 글썽인다. 성우, 당황하지만 괜찮은 척한다. 계속 노려보는 연경. 옆 운동기구에 앉아서 수건으로 입을 막고 막 신경질을 내며 운다. 성우, 러닝머신을 멈추고 연경을 본다.

아이들이 들어온다.

조명 바뀐다.

바다 풍경.

아이1　　　　물 졸라 차가워.

아이2　　　　너 일루 와 —. (아이1에게) 야, 얘 빠뜨리자.

아이3　　　　죽을래? 나 주머니에 핸드폰 있다고!

아이2　　　　이리 와, 빨리!

아이들, 한참 물장난을 친다. 헬스클럽이 해변이 되고 파도가 밀려온다.

사이

샤이니의 노래가 흘러나온다.

성우　　　　샤이니다.

사이

성우　　　　이거 샤이니 노래 아니야?

사이

성우　　너 샤이니 좋아하지 않냐? 야. (연경, 계속 고개 숙이고
　　　　　반응 없자) 야.

연경　　(아주 날카롭게) 아 그래서 뭐!

사이
성우, 쫄아서

성우　　아니, 그냥 그렇다고.

사이

연경　　너 1학년 때 우리 반이었지.

성우　　어.

사이

연경　　너 언제부터 여기 다녀?

성우　　좀 됐어.

연경　　언제부터?

성우　　……수학여행 전부터.

연경	왜?
성우	……수학여행 가기 전에 다이어트할라 그랬어.
연경	……나돈데.

사이

| 성우 | 근데 살 안 빠졌어. |

사이

연경	……나돈데.
성우	넌 근데 안 빼도 되잖아.
연경	아니. 나 옷 하나도 안 들어가. 중3 때 입던 옷 하나도 안 들어가.
성우	너 지금 고2잖아.
연경	아니, 근데 살이 쪄서 안 들어간다고, 입던 옷이.
성우	옷을 새로 사.
연경	하. 너네 집 부자야?
성우	헬스 돈 내는 것보다 옷 사는 게 쌀걸.
연경	그래서 여기 등록한 거 아니야. 돈 환불받으려고.
성우	언제 등록했는데?
연경	수학여행 3주 전에.

성우	3주 만에 어떻게 살을 빼.
연경	입을 옷이 없는데 어떻게 해!
성우	너 왜 자꾸 나한테 짜증 내?

사이

성우	너 살쪄서 입을 옷 없는 게 내 잘못이냐?
연경	…….

아이들이 와서 성우와 연경을 사이에 놓고 마주 앉는다. 성우와 연경을 식당 식탁처럼 사이에 두고 밥을 먹는 아이들. 이들은 여전히 성우와 연경을 보지 못한다.

아이1	급식 오늘 존나 맛없는 것만 나왔다.
아이2	어, 진짜.
아이3	수학여행 돈 냈어?
아이2	아니. 담임이 내라고 막 그랬는데 엄마가 돈 없대.
아이1	헐, 그래서?
아이2	가지 말래. 돈 없대. (웃음을 터뜨린다.)
아이3	대박. 우리 엄마도 그랬는데. (웃는다.)

아이들, 밥 먹는다.

연경	(아이들 대화를 듣고) 아, 수학여행 돈 존나 비쌌어, 진짜.
성우	너 돈 냈어?
연경	어.

아이2	우리 수학여행 다 가지 말고 셋이 오이도에 바다 보러 가자.
아이1	오이도? 미쳤냐? 똥물이야. 아, 싫다고, 오이도.
아이3	그럼 우리 인천 가자.
아이2	어. 그리고 차이나타운에서 짜장면 먹자. 핵맛있어. 나 중딩 때 가봤는데.

성우	얼마지?
연경	33만 원인가 그래. 미친 거 아니냐, 33만 원. 나 한 달 용돈 5만 원이야.
성우	야, 제주도는 비행기만 해도 20만 원이야.
연경	아니? 우리 사촌 언니가 제주도 갔는데 비행기로 왕복 4만 9천 원에 갔다 왔다 그랬는데?
성우	구라 까지 말라 그래.
연경	아닌데? 사촌 언니 구라 아닌데?
성우	그런 거 없거든?
연경	아니거든? 있거든? 여튼 엄마한테 존나 미안했어.

비싸서.

성우   어. 엄마가 돈 주면서 손 벌벌 떨린다고, 왜 제주도 까지 가냐 그랬어. 경주나 가지, 씨발 애들을 제주도 까지 보낸다고.

연경   니네 엄마 욕해?

성우   어. 욕 맨날 해. 입에 걸레 물었어.

사이

연경   너 제주도 가봤어?

성우   아니.

연경   처음 가는 거야?

성우   어.

연경   난 가봤어. 중1 여름방학 때 엄마랑 오빠랑 갔었어.

성우   좋겠네.

연경   너 제주 흑돼지 먹어봤어?

성우   아니.

연경   장난 아니야. 존맛.

성우   흑돼지 제주에서만 파는 거 아니야. 마트 가면 다 팔아.

연경   제주도에서 먹는 거랑 같나?

성우   그래도 안산에도 제주 흑돼지 파는 데 있어. 나 그런

데서 많이 먹어봤는데?

연경   나 그리고 회도 먹었어. 바다 보면서.

성우   좋겠네.

연경   어, 진짜. 개꿀이었어.

성우   근데 배 타면 더 싼 거 아니냐?

연경   몰라, 올 때는 비행기 타잖아.

성우   비행기 타는 거였어?

연경   몰랐냐?

성우   아, 맞다.

사이

성우   그래도 우리 엄마 착해.

사이

성우   33만 원 너무 비싸. 돌았어.

연경   어, 돌았어.

성우   선생님들이 중간에서 먹는 거 아냐? 막 거기 식당
         사장님들이랑?

연경   모르지.

연경　　　근데 이거 환불 진짜 해줘?

성우　　　어.

연경　　　근데 왜 사장 아저씨는 안 와?

성우　　　몰라.

성우, 고개 든다.

연경　　　첫날 몸무게 재야 되는 거 아니야?

성우　　　너 안 쟀어?

연경　　　어.

성우, 두리번거리며 체중계를 찾는다.

성우　　　어.

연경, 러닝머신 끄고 기계 위로 간다.

성우　　　여기 서.

연경, 선다.

연경　　　너 비켜.

성우, 비킨다. 연경, 조심스럽게 올라간다. 성우, 딴짓하는 척하다 몰래
몸무게를 본다.

성우　　　오십…….

연경　　　아아아!

성우　　　어?

연경　　　말하지 마.

성우　　　(슬쩍 웃으며) 오십팔점구.

연경　　　아아아아!

연경, 울먹인다. 진짜 운다.

성우　　　야.

연경　　　(신경질적으로) 악!!!

성우　　　우냐?

연경　　　악! 돼지 새끼가.

성우　　　……뭐라고?

연경　　　악! 악. 왜 말해! 그냥 왜 소리를 내냐고오! 하지 말
　　　　　라 그랬잖아아!

성우	아무도 안 들었어.
연경	애들 있잖아!
성우	애들 니 말 안 들려.
연경	니가 어떻게 알아.
성우	뭐?
연경	니가 어떻게 아냐고!

성우, 당황한다. 연경, 성우를 확 쩨려본다.

| 연경 | 돼지 새끼. 그러니까 애들이 널 싫어하는 거야. |

성우, 상처받는다. 연경, 눈물을 닦고 혼자 운동을 한다.
옆에 엄마가 들어온다. 엄마, 설거지를 하고 있다.

연경	엄마.
엄마	어.
연경	엄마, 나 돈 좀. 헬스 끊게.
엄마	뭐?
연경	나 헬스 끊게 13만 원만 줘.
엄마	뭐? 13만 원?

연경   어.

엄마   왜 헬스를 끊는데 13만 원이나 들어.

연경   원래 다 그 정도 해.

엄마   니가 헬스를 왜 해, 동네 뛰면 되지.

연경   엄마가 이 동네 밤늦게까지 돌아다니지 말라며.

엄마   그럼 일찍 뛰어.

연경   야자하고 나면 시간이 몇 신데 일찍 뛰긴 뭘 일찍 뛰어. 석식 먹고 와도 여덟 시야.

엄마   니가 헬스를 왜 해. 돈 많은 집 젊은 여자애들이나 하는 거지.

연경   아, 뚱뚱하니까 하지.

엄마   니가 어디가 뚱뚱해. 딱 보기 좋구먼.

연경   딱 보기 좋기는. 엄마 나 중3 때 입던 옷 하나도 안 들어가. 나 이래가지고는 수학여행 가서 입을 옷도 없어. 옷을 사주든가, 그러면!

엄마   돈 쓰는 귀신이 붙었어?

연경   설거지 내가 할게.

엄마   비켜, 내가 해.

연경   도와달라며.

엄마   내가 할게. 그리고 어, 13만 원 그 돈 있으면, 엄마 치과부터 가. 엄마 이빨 아픈 거 몰라?

연경   아, 미안하다고. 아, 그런데 이 상태로 어떻게 가!

엄마	그냥 가. 왜 수학여행을 가는데 살을 빼야 돼? 너 수학여행비도 얼마나 비싼지 알아? 차라리 중간고사가 걱정이라면 내가 말을 안 해. 수학여행을 가는데 왜 살찐 걸 걱정하니. 딱 보기 좋구먼.
연경	지난번에 엄마가 나보고 좀 빼야겠다며. 영지는 날씬하잖아.
엄마	걔는 애고.
연경	엄마, 나도 애야.
엄마	하이고…….
연경	엄마, 나 13만 원만 줘.

엄마, 한숨 쉰다.

연경	(울음을 터뜨리며) 13만 원만 줘.
엄마	돈 맡겨놨어? 내가 돈 주는 기계야?
연경	거기서 살 9킬로 빠지면 돈 도로 돌려준단 말이야.
엄마	차라리 다른 데, 싼 데를 알아봐.
연경	거기가 우리 집이랑 제일 가깝단 말이야. 버스 30분 타고서 헬스를 어떻게 가. 그리고 어차피 환불받을 거라고.
엄마	연경아……. 엄마 말 좀 들어. 넌 왜 이렇게……. 아휴…… 진짜.

연경　왜? 영지 키우는 거보다 나 키우는 게 백배 힘들다
　　　고? 또 그 소리 할라고?

엄마　하아…….

엄마, 고무장갑 벗는다.

엄마　줄게. 가. 헬스클럽 가. 가. 그냥 니 맘대로 해.

엄마, 봉투를 내려놓고 방으로 들어가는 듯 퇴장.

연경, 봉투를 갖고 와서 말없이 혼자 러닝머신 위를 걷는다.

잠시 후 성우 옆에 형이 와서 컴퓨터 게임을 한다. 히키코모리 같은 느
낌이다.

성우　형.

형　어?

성우　밥 먹었어?

형　점심?

성우　아니, 저녁. 지금 9시야.

형　어.

성우　저녁 먹었어?

형　아니, 아침.

사이

게임 소리.

성우   형.

형   어?

성우   형은 만약에 로또 당첨되면 뭐 할 거야?

형   ……글쎄.

사이

형, 컴퓨터 게임 한다.

성우   형.

형   어.

성우   나는 지방흡입할 거야.

사이

성우   형.

형   응?

성우   나 수학여행 가기 싫어.

형   왜.

성우   나 놀 애가 없어.

형   어?

성우   나 왕따야.

사이

형, 게임을 계속한다.

형   농담하는 거지?

성우   어. (마구 웃는다.)

형   (발길질하며) 씨발, 놀랐잖아.

사이

성우   형.

형   어?

성우   형. 나는 형밖에 없어.

형   뭐래.

사이

형   내일모레 가지?

성우   어.

형   아빠가 돈 줬어?

성우　　　어.

사이

형, 컴퓨터에서 눈을 떼지 않은 채 주머니에 한 손을 넣어 돈봉투를 꺼
낸다.

형　　　　이거.

성우　　　이게 뭐야?

형　　　　그걸로 뭐 사 먹어.

성우　　　형…….

사이

성우　　　돈 어디서 났어?

형　　　　그냥 났어.

성우　　　형 일 안 하잖아.

형　　　　아 돈 있어, 나도.

성우　　　형 집 밖에도 안 나가잖아.

형　　　　시끄러.

사이

성우　　　형, 고마워.

사이

형, 대답 없다.

성우　　　진짜 고마워.

형　　　어.

성우　　　난 형밖에 없어.

형　　　어.

사이

성우　　　형, 나랑 산책할래?

형　　　아니.

성우　　　응.

사이

형, 컴퓨터 게임을 하며 퇴장한다.

성우, 주머니에 봉투 넣고 러닝머신으로 돌아온다.

성우와 연경, 러닝머신에서 걷는다. 잠시 후.

성우   너는 만약에 너한테 100만 원이 생기면 뭐 할 거야?

연경   100만 원? 왜 100만 원이야?

성우   그럼 천만 원.

연경   이사할 거야. 큰 집으로.

성우   천만 원 갖고 큰 집 못 가.

연경   그럼…… 그래, 그럼 5천만 원.

성우   응.

연경   방 세 개짜리. 엄마 하나, 나 하나, 동생 하나.

성우   5천만 원이면 그런 집 살 수 있어?

연경   몰라. 5천만 원 생기지도 않을 건데 뭐. 로또 당첨될
        거 아니면. 너는?

성우   나는? 어…… (조금 망설이다) 지방흡입.

연경, 풉 웃는다.

연경   지방흡입?

성우   그거 돈 되게 많이 들어.

연경   얼마 드는데?

성우   몰라. 병원 가서 상담받아봐야 되는데 내가 인터넷
        으로 보니까 미성년자는 안 된대.

연경   그럼 언제 돼?

성우   어른 되면. 스무 살 넘으면.

연경	지방흡입하다 죽는 사람도 있던데.
성우	안 죽는 사람이 훨씬훨씬 많아.
연경	그래서 지방흡입해서 뭐 하게?
성우	어…… 옷도 사고. 그리고 나는 패션 쪽 일을 할 건데, 어, 뭐 패션 마케팅 그런 거. 그러니까 어, 살 빼서 모델들 입는 거 내가 피팅도 해보고, 그러니까 나중에 커서.

사이

'나중에 커서'라는 말이 두 사람 다 마음에 걸린다.

성우	나중에 커서 그러면 좋겠다고.

사이

연경	5천만 원을 어떻게 모을 건데?
성우	나 돈 많이 벌 거야.
연경	어떻게?
성우	아, 몰라. 그냥 많이 벌 거야. 그래서 아빠 집도 이사하고, 할머니도 집 사주고, 그리고 어, 형도 주고, 그리고 지방흡입도 한 다음에 스타일도 엄청 좋아질 거야.

연경, 진짜 크게 웃는다.

성우   왜 웃어.

연경   아냐.

사이

성우   수학여행 가기 전에 살 좀 더 빼면 좋았을 텐데.

연경   얼마나 뺐어 너, 가기 전까지?

성우   한…… 6킬로.

연경   대애박. 진짜?

성우   어.

연경   너 근데…… 미안한데…….

성우   티도 안 나지.

연경   어.

성우   아, 짜증 나.

아이들, 무대 위에서 놀고 있다. 아이들 눈에는 여전히 두 사람이 보이
지 않는다. 공간이 전복되고 비현실적인 생기발랄함이 느껴진다.

성우   나 과자 사 먹었다.

연경   뭐?

성우   나 과자 사 먹었어. 배에서.

연경   과자 사 먹었다고?

성우   어, 나 수학여행 한 달 전부터 밀가루 하나도 안 머
        었는데.

연경   근데?

성우   근데 배 탔을 때 나 과자 여섯 봉지 먹었어.

연경   대박. 여섯 봉지를 어떻게 먹어?

성우   뭐, 다 봉지는 아니고. 작은 것도 있었어.

연경   너 과자 뭐 좋아하냐?

성우   알새우칩.

연경   대박, 나도.

성우   어, 그리고 홈런볼.

연경   헐! 나랑 똑같네. 나도 알새우칩이랑 홈런볼. 그리고
        초코하임.

성우   어. 초코하임. 나 그거 다 사 먹었어. 아, 그리고 몽쉘
        도 먹고 하드도 사 먹고.

연경   그걸 너 혼자 다 먹었다고?

성우   어.

연경   어떻게 그걸 혼자 다 먹어?

성우   그럼 누구랑 먹어?

연경   ······.

성우   아무도 달라고 안 해. 난 혼자 다 먹을 수 있어.

연경	야. 당장 매점 가. 다 사 와. 나랑 같이 먹어. 홈런볼
	그거 씨, 3천 원짜리 큰 거 사.
성우	여기 그런 거 다 있어?
연경	⋯⋯없어?

사이

성우	헬스하는데 미쳤냐? 나 이제 밀가루 안 먹어.
연경	아 어쨌든 혼자 먹지 말라고, 과자.
성우	넌 애들이랑 먹냐?
연경	아니.
성우	⋯⋯.

사이

아이들, 다시 바다에서 물놀이를 시작한다. 아까랑 똑같이.

아이1	물 졸라 차가워.
아이2	너 일루 와―. (아이1에게) 야, 얘 빠뜨리자.
아이3	죽을래? 나 주머니에 핸드폰 있다고!
아이2	이리 와, 빨리!

아이들, 한참 물장난을 친다. 어느새 헬스클럽이 해변이 되고 파도가

밀려온다.

사이

성우	그래도 쟤네는 좋겠나.
연경	왜?
성우	좋은 기억이 있어서.
연경	넌 없어?
성우	없어.
연경	하나도 없다고?
성우	없어. ⋯⋯아!
연경	아?
성우	아빠랑 형이랑 같이 스파게티 먹었어. 내 생일에.
연경	언제 생일에?
성우	중1 때. 그리고 스타벅스 가서 프라프치노 먹었어. 그거 한 잔에 6천 원 넘는 거. 셋이 다 먹었어.

사이

성우	넌?
연경	⋯⋯.
성우	넌 좋은 기억 없어?
연경	모르겠어, 잘 생각이 안 나. 그냥 엄마한테 미안했던

거만 생각나고. 아빠 생각나고. 아빠가 나한테 화냈던 거, 그런데 내가 사과 먼저 안 했던 거만 생각나고. 영지 때렸던 거만 생각나고.

성우 영지가 누군데?

연경 내 동생.

사이

연경 그런데 내가…… 우리가 17년 살았잖아. 17년 동안에 분명히 좋은 일도 많았을 거 같은데 왜 가장 괴로웠던 것만 생각날까? 내가 부정적인 사람이라 그런가? 우리 엄마가 나더러 너는 왜 그렇게 부정적이냐고 맨날 그랬어.

사이

연경 긍정적으로 생각하고 주어진 상황에 감사하라고. 그리고, 어, 뭐 그런 얘기. 또 뭐라 그랬지? 또…… 어…… 불평불만 하지 말고…… 매사에 최선을 다하고.

성우 그건…….

사이

성우　　　그건 살아 있을 때 얘기고.

아이1, 2, 3이 순간 움직임을 멈춘다. 아이들, 아무 말도 못 들은 척, 다시 아까 했던 대화를 반복한다.

아이1　　　물 졸라 차가워.

아이2　　　너 일루 와ー. (아이1에게) 야, 얘 빠뜨리자.

아이3　　　죽을래? 나 주머니에 핸드폰 있다고!

아이2　　　이리 와, 빨리!

아이들, 한참 물장난을 친다. 어느새 헬스클럽이 해변이 되고 파도가 밀려온다.

사이

연경　　　재네는 매일 저러네. 매일매일…… 똑같이 저러네. 저거밖에 할 게 없나.

성우　　　그럼 뭘 할 수 있겠냐.

연경　　　어?

성우　　　그럼 뭘 할 수 있는데?

성우　　　이제 와서 뭘 할 수 있는데? 어차피 다 죽었잖아.

바다에서 놀던 아이들, 순간적으로 대화를 멈추고 연경과 성우를 본
다. 연경과 성우, 아이들과 눈이 마주친다. 아무도 아무 말도 하지 않
는다. 아이들, 다시 못 들은 척 점심시간 식당 장면을 반복한다.

아이1　　　급식 오늘 존나 맛없는 것만 나왔다.

아이2　　　어, 진짜.

아이3　　　수학여행 돈 냈어?

아이2　　　아니. 담임이 내리고 막 그랬는데 엄마가 돈 없대.

아이1　　　헐, 그래서?

아이2　　　가지 말래. 돈 없대. (웃음을 터뜨린다.)

아이3　　　대박. 우리 엄마도 그랬는데. (웃는다.)

아이2　　　우리 수학여행 다 가지 말고 셋이 오이도에 바다 보
　　　　　　　러 가자.

아이1　　　오이도? 미쳤냐? 똥물이야. 아, 싫다고, 오이도.

아이3　　　그럼 우리 인천 가자.

아이2　　　어. 그리고 차이나타운에서 짜장면 먹자. 핵맛있어.
　　　　　　　나 중딩 때 가봤는데.

연경   재네한테도 말해줄까.

성우   뭘.

연경   이제 그만하라고.

성우   뭘?

연경   그냥, 저런 거.

성우   뭘.

연경   우리. 그런 거.

성우   왜?

연경   말해주는 게 좋을 거 같아.

사이

연경   재네는 모르잖아.

연경, 아이들에게 다가가려 한다. 성우, 연경의 팔을 잡는다.

성우   너 재네랑 얘기해본 적 있어?

연경   ……고민경이랑 김나애는 없고. 준서는.

성우   준서는 뭐.

연경   주번 같이 했었어.

사이

어이없다는 듯이 웃는 성우.

성우   너 밥은 누구랑 먹었어?

연경   …….

성우   너 이동 수업 때 맨날 혼자 갔지?

연경   …….

성우   너 숙제 물어볼 때 연락하는 애 있었어?

연경   …….

성우   아무도 없잖아. 왜 이제 와서 쟤네한테 말을 걸어? 쟤네 중 누가 널 도와줬는데? 너 혼자 밥 먹을 때 누가 니 옆에 앉아줬는데?

사이

연경   쟤네 나쁜 애들은 아니야.

성우   세상에 나쁜 사람은 없어. 나한테 나쁘게 하면 그게 나쁜 사람이고 나한테 잘하면 그건 착한 사람인 거야. 그리고 쟤네가 알면서 일부러 모른 척하는 걸 수도 있잖아.

연경   그래서 알려주려고 하잖아. 알려주려고. 정신 차리라고.

성우   니가 더 나빠.

연경   알아.

사이

연경과 성우, 애들을 본다.

연경   아무것도 모르는 게 더 편할 수도 있겠다.

조명의 변화.

3장

조명 밝아지면 성우와 연경이 여전히 러닝머신 위에서 뛰고 있다. 두 사람 다 아주 지쳐 보인다. 아이들, 학교 옥상에서 아래를 내려다보며 이야기하고 있다.

아이1   너 영어 몇 등급 나왔어?

아이3   나 3등급.

아이1   어, 근데 언어가 폭망이야. 나 언어 5등급 나왔어.

아이3   서울에 있는 데는 못 가겠지?

아이1   아 왜 못 가. 재수 없는 소리 하지 마. 올리면 되지.

아이2   넌 대학 어디 가고 싶은데?

아이3   나 이화여대 갈라고.

아이1   왜?

아이3   엄마가 나보고 이화여대 가래. 아, 좀 이대는 이대 그런 거 있잖아. 근데 미술학원 원장이 나더러 경기 도권으로 가래. 아놔 씨. 내가 경기도권 갈라고 뼈 빠지게 학원비 내는 줄 아나.

아이2   근데 이대 등록금 개 비싸. 우리 사촌 언니가 이화여
대 법학과 나왔는데 한 학기에 막 600만 원 그렇대.

아이3   장학금 받으면 되지.

아이2   장학금 잘 주지도 않아. 과에서 1등 해야 줘.

아이3   그래? 씨발, 그럼 이대 안 가.

아이2, 3, 낄낄대고 웃는다.

아이2   너 어차피 그 성적으로 이대 못 가.

아이3   올릴 거야. 아직 고2 4월이야. 500일 남았어, 수능.
그리고 나 성적 그렇게 안 낮은데? 아니, 나 너보다
높은데?

아이2   이화여대가 너 안 뽑는다고. 거기에는 돈 많은 집 애
들 가. 성적도 존나 높고 외고 애들 막.

아이3   누가 물어봤냐고.

아이1   야, 하지 마.

아이3   아, 쟤 저딴 식으로 얘기할 때마다 존나 싫어, 진짜.
왜 맨날…….

아이3, 확 간다.

아이1   야, 가지 마.

아이3	아, 놓으라고. 쟤 진짜 사람 빡치게 한다고.
아이1	아이, 야아.

아이1, 3이 떠나고, 아이2만 혼자 남는다. 남겨진 아이2, 괜히 쓸쓸하다. 나쁘게 말한 게 후회도 된다. 옥상 난간에 매달려 아래를 내려다본다. 침도 뱉고 휴대폰도 만지다가, 짜증도 나고 미안하기도 하다. 어떻게 해야 하지, 고민이 된다. 오후 햇살은 이렇게나 따뜻한데.

연경	엄마한테 13만 원 도로 줄라 그랬는데.
성우	…….
연경	엄마 한 시간에 5,210원 받아.
성우	…….
연경	너희 엄마도 일하셔?
성우	아니. 나 엄마랑 같이 안 살아.
연경	아.
성우	……못 살아.
연경	왜?
성우	아빠 땜에. 오래됐어. 같이 안 산 지.
연경	엄마 너 죽은 거 알아?
성우	……모르겠냐?

사이

연경   살 진짜 안 빠져.

성우   맞아.

연경   나 사십칠까지 뺄 거야.

성우   그러든가.

연경   근데 애들이 나 뚱뚱해서 싫어한 게 아닌 거 같아.

성우   ……그럼?

연경   그냥.

사이

연경   그냥…… 내가 나라서.

사이

연경   내가, 내가 아니었음 더 좋았을 텐데.

사이

성우   ……니가 어때서?

사이

연경, 성우를 본다. 둘이 그렇게 잠시 마주 본다. 아이들, 여전히 놀고 있다.

조명의 변화.

4장

두 사람, 러닝머신 위를 뛰고 있다. 한참을 뛴다.

연경　　　너무 힘들다.

연경, 멈춘다.

연경　　　넌 안 힘들어?
성우　　　괜찮아.

성우, 땀을 뻘뻘 흘리고 있다. 연경, 성우의 러닝머신을 끈다.

연경　　　그만해, 이제.

성우, 다시 켠다.

성우　　　괜찮아.

연경	그만하라고!
성우	아, 나 괜찮다고! 30킬로는 빼야 된다며!
연경	아, 미안하다고. 내려오라고.
성우	싫다고!
연경	너 그러다 죽어.

성우, 계속 뛴다. 쓰러질 것 같은데 계속 뛴다. 연경, 운다. 성우, 깜짝
놀라서 러닝머신을 끈다.

성우   왜 또 울어!

훌쩍이는 연경.

성우   알았어, 껐어. 울지 좀 마…… 좀…….

성우, 연경 옆에 선다. 연경, 계속 운다.

성우	넌 우는 거밖에 할 줄 아는 게 없냐?
연경	니가 죽을 거 같은데도 계속하니까 그렇지.
성우	죽긴 누가 죽어.

사이

두 아이, 그대로 앉아 있다. 연경, 울음을 그친다. 선풍기가 돌아가고
있다.

성우   우린 왜 하필 여기서 만난 거냐.

연경   ······너랑 나랑 작년에 같은 반일 때는 말해본 적 한
              번도 없었는데.

성우   같은 반에 30명이 넘으니까.

연경   응.

성우   말해볼 기회도 없었고.

연경   응.

사이

성우   넌 왜 이리로 왔어?

사이

연경   엄마 돈 못 준 게······ 좀 걸려.

성우   그렇구나.

연경   너는?

성우   나는······.

사이

성우　　　나는 그냥 어디로 가야 되는지 모르겠어서.

사이

성우　　　근데 여기 헬스장 문 안 닫아?

사이

성우　　　이제 집에 가야 되는 거 아니야?

사이

성우　　　여기도 문 닫을 거 아니야.

사이

연경　　　어디로?

사이

연경　　　이제 어디로 가지?

긴 사이

성우　　　같이 좀 생각해보자.

시간이 간다.
사이
조명의 변화.

연경　　　우리 엄마도…….

연경, 훌쩍인다.

성우　　　야, 또 우냐?
연경　　　엄마도 내가 잘못한 거만 생각날까?
성우　　　그만 좀 울라고.
연경　　　우리 엄마 불쌍한데. 좀 잘해줄걸.

성우, 연경이 우는 동안 가만히 지켜봐준다. 연경, 한참 울다가 후우후
우 호흡한다.

성우   야, 너 콧물 개많이 나.

연경   아, 씨.

성우, 두루마리 휴지를 통째로 연경에게 준다. 연경, 코 푼다.

사이

연경의 울음이 잦아든다.

성우   야.

연경   어.

성우   우리 홈런볼 사 먹으러 나갈래.

연경   너 밀가루 안 먹는다면서.

성우   오늘만 먹고, 내일부터 다이어트하면 되지.

사이

성우   나가보자.

사이

연경   나가면 홈런볼 파는 데가 있을까?

성우   몰라, 근데…… 나가본 적 없잖아.

사이

성우　　나가서 한번 볼까? 나가······ 볼래?

연경　　······응.

성우와 연경, 몸을 일으킨다. 결심한 듯, 두 사람은 나란히 헬스장 출입구로 향한다. 헬스장 출입구 문을 연다. 문을 열자 밖에서 빛이 쏟아져 들어온다. 성우와 연경, 같이 나간다. 아이들, 여전히 헬스장에 남아 놀고 있다.

아이1　　물 졸라 차가워.

아이2　　너 일루 와ー. (아이1에게) 야, 얘 빠뜨리자.

아이3　　죽을래? 나 주머니에 핸드폰 있다고!

아이2　　이리 와, 빨리!

아이들만 남은 무대, 천천히 어두워진다. 그때 문이 벌컥 열린다. 빛이 확 들어온다, 다시. 연경이다.

연경　　야, 고민경. 박준서. 김나애!

아이들, 뒤돌아서 연경을 본다.

연경   나가자.

연경과 아이들, 마주 보고 있다.

아이들 위로 천천히 암전.

막

바람직한
청소년

시간	현재

공간	서울 강북의 하필고등학교

등장인물

이레	18세
현신	18세
지훈	18세
기태	18세
종철	18세
봉수	18세
재범	18세
교은	17세
양호	31세
교장	57세
체육	40세
지훈부	43세

* 주요 배역을 제외한 인물들은 필요에 따라 배우가 1인 다역을 할 수 있다.

무대 하필고등학교의 교훈인 '미래를 선도해갈 자랑스러운 하 필인 육성'이라고 적힌 간판이 천장으로부터 내려와 있다. 날짜의 흐름은 무대의 장치로 표현한다.

프롤로그

과학실 / 밤

빈 무대. 고요하다.

잠시 뒤, 조금씩 삐걱거리는 소리. 소리가 점점 커지고, 그 소리에 맞춰 창으로 들어온 달빛이 이레의 뒷모습을 비춘다. 과학실 책상 너머, 이레와 지훈이 후배위로 섹스를 하고 있다. 지훈의 모습은 책상에 가려 보이지 않고 목소리만 들린다.

이레   (가쁜 호흡) 괜찮아?

계속 삐걱거리는 소리.

이레   (약간 걱정스레) 괜찮아?

사이

이레   괜찮아?

지훈   (속삭이듯) 아파.

사이

삐걱거리는 소리가 점점 빠르고 거칠어진다.

지훈   (낮게, 하지만 강한 어조로) 아파.

사이

삐걱거리는 소리가 멈추지 않는다. 지훈의 얕은 신음.

이레   (달래듯이) 괜찮아. (점점 가빠지는 호흡) 괜찮아.

이레의 움직임이 점점 빨라진다. 이레와 지훈의 달뜬 호흡 위로 천천히
조명 어두워지고, 그와 동시에 무대 반대편 학교 공터가 환해진다.

공터 / 밤

현신이 봉수를 패고 있다. 현신 옆에서 기태와 종철이 담배를 피우고
있다. 아이들은 모두 교복 차림이다.

현신   아파?

봉수, 대답하지 못한다.

현신   아파?

사이
대답이 없다.

현신   아파, 안 아파?

봉수, 흐느끼기 시작한다.

현신   왜 아프다고 말을 안 해. 내가 물으면 대답을 해야
             지. 내가 묻잖아, 어?

봉수의 소처럼 긴 울음소리와 현신의 발길질 소리가 뒤섞인다. 기태와
종철, 담배 연기를 내뿜는다. 흩어지는 연기 위로 천천히 암전.

D-30 반성실

조명 들어오면, 이레가 혼자 반성실 의자에 앉아 있다.

체육   (목소리) 반성문은 하루 50장씩이야. 월요일부터 토
           요일, 등교 시부터 야자 끝나는 시간까지 자성한다.
           검사는 매일 밤 11시 야자 끝나면 내가 직접 해. 징
           계 기간이 끝나고 나면, 너희가 완성한 반성문을 가
           지고 학교 징계위원회에서 심사를 할 거야. 그다음
           에 교실로 돌려보낼지, 아니면 퇴학시킬지 정할 거
           다.

이레, 계속 멍하니 앉아 있다.

체육   (목소리) ……너 교복 마이 어쨌냐.
현신   (목소리, 작게) 잃어버렸습니다.

체육	(목소리) 찾아 입어라.
현신	(목소리) 네.

잠시 뒤, 현신이 반성실로 들어온다.

현신　　아이 씨…….

현신, 창밖을 내려다본다.

현신　　3층……. 씨발.

현신, 한숨을 내쉬고 이레를 본다.

현신　　아, 씨발, 역겨워서 진짜.

이레, 못 들은 척한다. 이레의 휴대폰이 진동한다. 이레, 휴대폰을 확인하고 받지 않는다.

현신　　야.

이레, 반응하지 않는다.

현신　　　　저 문 보이지.

이레, 힘없이 현신이 가리키는 곳을 본다.

현신　　　　저 선 넘어오지 마. 알겠지? 난 너 같은 새끼랑 한
　　　　　　　달 내내 반성실 처박혀서 반성문 쓰는 거 아니라도
　　　　　　　사는 게 충분히 역겨우니까.

사이

휴대폰 진동음이 울린다. 이레, 다시 휴대폰을 확인하고는 잠시 망설이
다 받지 않고 끊어버린다.

현신　　　　야.

이레, 대답하지 않는다.

현신　　　　야.

이레, 현신을 본다.

현신　　　　나 핸드폰 좀 빌려줘.

이레, 대답하지 않는다.

사이

현신 빌려주기 싫어?

이레 응.

기가 막히다는 듯 피식 웃는 현신.

사이

현신 우리 잘 지내야지. 너랑 나랑 한 달 동안 여기 같이
있어야 되잖아. 그렇다고 막 나 좋아하고 그러면 안
돼. 오빠 여자 좋아하니까.

이레, 현신을 쳐다본다.

짧은 사이

이레 너, 오토바이 훔쳐 타다 어디다 박아서 여기 있는 거
라며? 넌 지금 너랑 나랑 여기 같이 있으니까 우리
가 똑같다고 생각하는 거 같은데, 착각하지 마. 넌
이 학교 나가면 사회에서 바닥이나 기게 될 테지만,
난 아니야. 닥치고 니 반성문이나 써, 양아치 새끼야.

현신, 이레에게 다가가 뺨을 때린다. 이레, 독기를 품고 현신에게 덤비지만 상대가 되지 않는다. 한참을 얻어맞는 이레.

현신　　　(이레를 찍어 누른 채로) 개새끼가…….

그때, 반성실 문이 열리고 체육과 눈이 마주치는 현신.

체육　　　……나와.

현신, 반성실 밖으로 나간다. 현신이 체육에게 얻어맞는 소리가 들린다.

체육　　　(목소리) 너…… 졸업할 생각이 있나?

현신　　　(목소리) ……예.

체육　　　(목소리) 이러면 학교에 계속 있기 힘들어. 니 마지막
　　　　　　기회라고. 너 그간 징계랑 사고랑 벌점 다 합치면 이
　　　　　　미 퇴학당하고도 남았어. 고등학교는 졸업해야 할
　　　　　　거 아니냐. (사이) 잘 좀 하자.

잠시 뒤, 현신이 반성실로 돌아온다. 서로를 노려보는 두 사람.
조명 조금 어두워지고, 무대 한쪽의 달력이 한 장 떨어져 나가 D-29로
바뀐다.

D-29

이레와 현신, 반성문을 쓰고 있다. 쓸 말이 도무지 생각나지 않는 듯 펜을 던져버리고 창가로 가는 현신. 이레는 기계적으로 무언가를 계속 써 내려가고 있다. 그때, 쉬는 시간 종이 울린다. 잠시 뒤, 기태와 종철 이 등장한다.

기태   현신아!

현신   야, 담배.

기태   (담배가 든 비닐봉투를 건네며) 여기.

기태와 종철, 반성실 안으로 들어온다. 종철, 들어오자마자 휴대폰만 들여다보며 머리를 매만진다. 기태, 들어오다가 이레를 발견한다.

기태   아, 씨발.

종철   왜.

기태   이 새끼 개잖아. 그 전교 1등 호모. 게시판에 그 사
          진 개. 존나 와, 씨발.

종철   대박 사건. 그 딥키스?

기태   와, 나…… 야, 인증 샷.

종철, 기태와 함께 휴대폰을 들어 이레의 사진을 찍으려 한다. 화가 난

이레가 자리에서 벌떡 일어난다.

종철　　　안 앉냐, 씨발년아?

기태　　　(이레에게) 와, 칠라고? 가까이 옴 뒈진다.

이레, 살기 어린 눈빛으로 기태를 노려본다.

기태　　　어디다 대고 눈을 부라려, 호모 새끼가. 아, 나 진짜.

현신　　　야, 시끄러.

거울을 보던 종철이 문득,

종철　　　징계 같이 받는진 몰랐네.

현신　　　(이레를 보며) 좆같아.

기태　　　씨발, 현신아, 와 나 오늘 영어 존나, 와 오늘 흰 치
　　　　　　마, 와…….

현신　　　와 나 지난번에 개 수업하는데 엉덩이 존나 빵빵해
　　　　　　가지고.

기태　　　영어 존나 순수하게 생기지 않았냐? 남자친구랑 손
　　　　　　도 한번 안 잡아봤을 거 같아.

현신　　　씨발, 배고프네. 가서 빵 사 와.

기태　　　어? ……나 돈 없는데.

현신   (주머니에서 천 원을 꺼내 주며) 크림빵 사 와. 빨리 가.

기태가 힘없이 일어나 반성실을 나간다. 종철이 흘끗, 기태의 뒷모습을 본다

종철   (계속 거울을 보며, 작게) 기태 쟤 진짜 돈 없어.

현신   니네 1학년 애들이 돈 걷어 온 거 어쨌어.

종철   노래방 가서 다 썼지.

현신   미친.

현신, 휴대폰을 만지작거린다. 이레, 둘을 신경 안 쓰려고 노력한다. 종철, 거울을 보며 머리를 매만진다.

현신   야, 너 오늘 구교은 봤나?

종철   아니.

현신   미쳤나, 애가 카톡을 씹어.

종철   데이터 끊겼나 보지.

현신   며칠이나 됐다고 벌써 끊겨.

종철   니네 헤어진 거 아니냐?

현신   (예민하게) 누가 그래?

종철   그냥 애들이, 그런 거 같다고.

현신   애새끼들 함부로 입 놀리지 말라 그래. 아구창 찢어

버린다고.

사이

종철, 계속 머리를 매만진다.

종철   아, 맞다. 나 어제 니 동생 봤다.

현신   어디서?

종철   구민회관에 담배 피우러 갔는데, 거기서 중딩들끼리 싸움 붙었더라고. (비웃으며) 좆만 한 것들이 어디서 본 건 있어가지고.

현신   뭐?

종철   어제 경찰 오고 난리도 아녔어.

현신   그래서?

종철   그래서는 뭐가 그래서야. 나랑 애들이랑 구경하다가 빽차 뜨길래 존나 튀었지.

현신   (사이) 넌 내 동생을 보고도 그냥 왔단 말이야?

종철   난 니가 당연히 아는 줄 알았지. 내가 갔을 땐 이미 구경하는 애들 개떼같이 몰려 있었어.

현신이 자기 머리를 쥐어뜯는다. 종철은 거울만 본다.

사이

반성실 문이 열리고 기태가 들어온다. 기태, 현신에게 빵을 건넨다.

기태   여기.

현신   (빵을 확인하고) 피자빵이잖아.

기태   어?

현신   크림빵이라고 한 거 못 들었어?

기태   아, 미안.

현신, 기태에게 다시 빵을 건넨다.

현신   너 먹어.

기태, 말없이 빵을 받는다.

종철   그냥 좀 먹지 그러냐. 졸라 달려가서 사 왔는데.

현신   그럼 너 먹어.

종철   (나지막이) 하, 씨발.

종철, 반성실을 나가려고 한다. 현신, 종철 어깨 잡아 세우고는, 순간적으로 종철의 멱살을 잡아 벽에 밀어붙인다. 순간적으로 벌어진 상황에 모두 놀란다.

현신   종철아.

종철, 현신의 눈을 보지 않는다. 이레, 놀라서 그 광경을 본다.

현신　　　(약간 누그러져서) 종철아, 왜 그래.

종철, 대답이 없다.

현신　　　그러지 마라.

사이

종철, 현신에게 먹살이 잡힌 채 가만히 있다. 현신, 종철의 먹살을 놓는다. 종철, 반성실을 나간다. 기태, 눈치를 보며 따라 나간다.

말없이 앉아 있는 현신과 이레.

사이

현신은 휴대폰을 만지작거린다. 이레는 반성문을 쓴다. 문득, 이레가 현신을 가만히 본다. 시선을 느끼고 이레를 보는 현신. 이레, 눈을 피하고 반성문을 쳐다보는 척한다. 현신, 다시 휴대폰을 만진다. 이레, 천천히, 다시 현신을 본다. 현신, 이레를 본다.

현신　　　뭘 봐.

이레, 눈을 피한다. 그때, 노크 소리. 문이 열리자 봉수가 서 있다.

현신   어, 뽕수.

봉수, 이레를 흘끗흘끗 쳐다본다.

봉수   (현신에게 크림빵을 건네며) 이거…… 기태가 갖다주
          래.

봉수, 현신이 다가오자 움찔하며 뒷걸음질 치다가 이레와 부딪힌다.
봉수를 째려보는 이레.

현신   뽕수야.

봉수, 흠칫해서 현신을 본다.

현신   내가 마이를 잃어버렸다.
봉수   응.

봉수, 나간다. 아까부터 이레는 그들의 모습을 가만히 지켜보고 있다.
달력이 한 장 떨어져 나가고, D-28 로 바뀐다.
암전.

아침.

이레가 들어온다. 반성실에는 아무도 없다. 이레, 떨어져 있는 두 개의 책상을 가지런히 정리한 뒤 자기 자리에 앉아 문제집을 펼친다. 그때, 노크 소리가 나고 봉수가 등장한다. 봉수는 이레와 눈을 마주치지 않은 채 가방에서 교복 상의를 꺼내 현신의 자리에 걸어놓는다. 그러고는 가방에서 주섬주섬 바나나우유와 빨대를 꺼내 책상 위에 올려놓는다. 마지막으로, 품에서 돈을 꺼내 현신의 교복 상의 안주머니에 조금 넣는다. 이레는 이 모든 것을 지켜보고 있다.

이레　　　너······.

봉수, 흠칫하여 이레를 본다.

이레　　　왜 그렇게 사냐.

사이

봉수, 다시 가방을 주섬주섬 싼 다음 반성실을 나가려 한다.

봉수　　　난 그래도 남자 자지는 안 빨아.

봉수, 반성실을 나간다. 이레, 잠시 멍하다. 현신, 반성실 안으로 들어와 이레가 정리한 책상을 다시 흐트려놓는다. 그리고 봉수가 두고 간 것들을 확인한다. 이레, 가방에서 매점에서 파는 500원짜리 크림빵 두 개를 꺼낸다.

이레   (현신에게 빵 하나를 내밀며) 야, 먹을래?

현신   뭐 하냐.

사이

이레   (작은 소리로) ……두 개 샀는데.

현신에게 빵을 가져다준다.

현신   (이레에게 빵을 던지며) 난 크림빵밖에 안 먹는 줄 아
           냐?

이레   (다시 현신에게 빵을 던지며) 아침 안 먹었지?

이레, 다시 자리로 돌아와 문제집을 풀기 시작한다.

시간의 경과.

체육이 들어와 이레에게 다가간다.

체육   넌 다 쓰고 공부하고 있는 거냐?

이레, 완성한 반성문을 보여준다.

체육   (확인하고) 하던 거 해.

현신에게 다가가서 반성문을 확인하는 체육.

체육   (현신의 반성문 용지를 확인하고) 난? '난'은 반말이고
이 자식아. 너 이런 식으로 하면 반성문 열 장 추가
야. 교실 바닥에 붙은 껌도 니가 다 떼. 알겠어?

현신, 괴로워한다. 체육, 퇴장한다.

현신   다 썼냐?
이레   어.
현신   뭐라고 썼냐?
이레   그냥.

사이

현신   (이레의 반성문을 흘끗 보고는) 어떻게 그렇게 길게 쓰

냐, 넌.

이레   소설을 쓰면 돼.

현신   무슨 소설.

이레   선생들이 좋아할 만한 소설.

사이

이레   저기. 니 동생, 박현욱 맞지? 화안중 다니는.

현신   니가 그걸 어떻게 알아?

이레   나 화안중 나왔잖아.

현신   근데?

이레   아니, 어저께 나 중3 때 담임선생님이랑 통화했는
        데……. 선생님이랑 나랑 친하거든. 그 선생님이 네
        동생 담임이더라.

현신   …….

이레   니 동생 자퇴하려고 한다던데.

현신   …….

이레   걱정이겠다.

현신   ……남자 자지 빨다 징계받는 주제에 누가 누굴 걱
        정해.

사이

이레	내가 써줄까?
현신	뭐?
이레	니 반성문……. 나 잘 쓸 수 있는데.
현신	뭔 개소리야. 니가 왜 내 걸 써?
이레	어차피…… 학교에서 좋아하게 쓰면 되는 거잖아. 너, 이번에 잘 안 되면 퇴학당하는 거 아니야? 벌점 도 엄청 쌓였다고……. 동생이랑 너랑 세트로…… 대박이네.
현신	닥쳐라.

사이

현신	글씨체는?
이레	내가 불러줄게. 니가 받아 적어.

사이

현신은 도무지 이레의 의중을 모르겠다.

현신	너 왜 이러냐?

사이

이레	너, 졸업하고 싶어?
현신	아 씨발, 최꼬추부터 시작해서…….
이레	(말 끊으며) 대학 갈 거야?
현신	왜?
이레	대답해봐, 갈 거야? 대학?
현신	갈 거야.
이레	왜?
현신	대학은 나와야 먹고살 수 있으니까.
이레	어디 갈 건데? 이름도 모르는 지잡대? 돈만 내면 가는 데?
현신	닥쳐.
이레	그럼 잘 먹고 잘살 수 있을 것 같아? 빵셔틀이나 하는 한심한 애랑 종일 거울만 보는 못생긴 애랑 놀다 인생 쭉 말아먹으려고?
현신	셋 셀 때까지 닥쳐라. 아님 너 이빨 털린다. 하나.
이레	난 너처럼 막 사는 애들 보면 되게 신기했어. 뭐 믿는 데가 있어서 그런진 모르겠지만. 난 돈도 빽도 없어서 공부 열심히 해서 좋은 대학 가고 좋은 회사 취직해서.
현신	둘.
이레	(멈추지 않고) 잘 먹고 잘살 생각이거든. 너랑 니 동생까지 학교에서 짤리면 니네한테는 절대 오지 않을

미래겠…….

현신　　　셋.

현신, 이레를 때려 바닥에 넘어뜨리고 얼굴을 발로 밟는다.

이레　　　(현신에게 밟힌 채) 나 좀 도와줘.

반성실 문이 열리고 체육이 들어온다.

체육　　　뭐냐.

현신과 이레, 아무 말 못 한다. 체육, 현신을 본다.

체육　　　박현신 엎드려.

현신, 마지못해 엎드리려는데

이레　　　죄송해요.

현신과 체육, 동시에 이레를 본다.

이레　　　제가 먼저 시비 걸었어요. 죄송합니다.

사이

체육　(현신에게) 너, 정이레 때문에 봐주는 거야.

체육, 나간다.

어색한 사이

이레　아, 존나 아프네.

현신　뭐 한 거냐?

이레　그냥.

현신　씨발.

이레　도와줘.

현신　뭘.

이레　범인 잡는 거. (사이) 사진 찍은 범인 잡는 거.

현신　그래서 체육한테 니가 시비 걸었다 그랬냐?

이레　내가 그랬다 하면 조용히 넘어갈 수 있잖아. 나 너
　　　　과외도 해줄 수 있는데.

현신　과외?

이레　나 모의고사 상위 0.3프로야. 매해 전국에서 60만
　　　　명가량이 수능에 응시하고, 그중 3천 명이 서울대
　　　　에 입학한다 하면, 나는 안전하게 서울대에 들어갈
　　　　점수를 유지하고 있어. 내신은 물론이고, 봉사 점수

나…….

사이

갑자기 이레가 현신 앞에 무릎을 꿇는다.

이레   나 돈도 있어. (짧은 사이) 68만 원. 초등학교 때부터

              모은 거야. ……범인 잡으면 그것도 줄게.

사이

현신, 흔들림 없는 이레의 눈빛을 마주한다.

현신   걔 어딨냐?

이레   누구?

현신   너랑 키스한 새끼…….

이레   ……자퇴했어.

현신   혼자 토낀 거야?

이레   몰라.

현신   애인이냐?

이레   아니야.

현신   좆 까.

이레   진짜야. 애인, 아니야.

현신   그럼 뭐야.

사이

이레의 표정이 어둡다.

현신	반성문.
이레	응?
현신	50장 다 니가 써주는 거야?
이레	너무 많아.
현신	40장.
이레	그것도…….
현신	안 해.
이레	그래. 40장.

현신, 이레의 표정을 가만히 본다. 이레, 긴장된 얼굴로 현신을 본다.

현신   콜.

빠른 음악과 함께 암전.

D-25 반성실

조명이 들어오면 현신이 범인을 잡기 위해 사건 기록을 하고 있다.

현신   5월 20일 금요일 밤 11시 40분경. 2층 과학실. 학교
는 애들이 모두 야자를 끝내고 떠나 이무도 없는 시
각. 너희는 학교에 남았다. 너는 과학부장이라 과학
실 열쇠를 가지고 있었고, 그 안에 들어갈 수 있었
다. 맞냐?

이레   응.

현신   그 시간까지 뭘 했어?

이레   공부.

현신   좆 까.

이레   진짜야. 11시 넘으면 야자 끝나고 교실 불 다 끄잖
아. 난 과학실 남아서 좀 더 공부하다 가려고 했어.

무대 한쪽으로 지훈이 책상을 들고 들어온다. 이레, 반성실을 나가서 과학실의 지훈 옆에 앉는다.

사건 당일의 상황 재연.
지훈의 공부를 도와주고 있는 이레.

이레   학교 선생님들이 정리해준 건 내신 위주라 모의고사
         에 잘 안 나와. 여기부터, 여기까지.

지훈, 한숨을 쉬며 가만히 책상에 엎드린다. 이레, 지훈의 머리카락을 만진다.

이레   힘들어?

지훈   넌 서울대 가겠지?

이레   수능 나오는 거 봐서.

지훈   너 모의고사랑 내신 다 우리 학년에서 제일 높잖아.

이레   모르지, 그래도.

지훈   너 서울대 가고 난 지방대 가면 어쩌지.

이레   그럴 일 없어.

지훈   아니야. 너도 알잖아. 담임이 이 정도 가지곤 턱도
         없다고 그랬어. 아 씨, (머리를 감싸 쥐고) 영어만 좀
         더 올리면 되는데.

이레   걱정하지 마. 너 성적 계속 오르고 있잖아.

지훈   무서워. 나 지방 가면 자주 보지도 못할 거 아니야.
          아빠가 재수는 꿈도 꾸지 말라 그랬는데.

이레, 지훈의 손을 꼭 잡는다.

이레   넌 내가 왜 좋아?

지훈   너 졸라 멋있잖아.

이레   아닌데?

지훈   맞거든? 3월 초였나. 수학 시간에. 선생님이 칠판에
          경시대회 문제 써놓고 애들 나와서 풀어보라고 했었
          잖아. 기억나?

이레   ⋯⋯그랬나.

지훈   그때 선생님이 점수 준다 그래가지고 공부 좀 한다
          는 애들 다 나가서 시도했는데 아무도 못 풀었거든.
          수학이 약간 절망해서, 어떻게 한 명도 못 푸니 하
          면서 23번! 불렀는데, 그게 너였어. 그리고 니가, 그
          문제를 풀었어. 근데 니 뒷모습이⋯⋯ 다른 애들이
          랑 다르더라. 점수를 따기 위해서 풀거나 애들 의식
          하면서 푸는 게 아니라⋯⋯ 그냥, 문제랑 너랑 둘이
          있는 거 같았어. 그 뒷모습이, 존나 멋있더라.

이레, 웃으며 지훈의 머리를 장난스럽게 쓰다듬는다.

이레   지훈아.

지훈   왜?

이레   나, 서울대 갈 거야. 우리나라에선 뭣만 하면 서울대
            서울대 하잖아. 졸업장 따서 나쁠 거 없지. 성적
            관리 잘해서 졸업하고 나면 외국 기업에 취직하고
            외국 가서 살 거야. (신이 나서) 물론 너랑 같이 가야
            지! 그러곤 성공해서 다시 한국에 돌아오는 거야. 그
            때 가서 커밍아웃할 거야. 너랑 결혼할 거라고.

지훈   무슨 결혼이야, 결혼은.

이레   (상처받아서) 나랑 결혼하기 싫어?

지훈   그게 아니라……. 우리가 어떻게 결혼을 해.

이레   (진지하게) 니가 몰라서 그래! 미국에서도 동성결
            혼 합법화됐잖아. 애 입양도 다 돼. 미국만 그런 줄
            알아? 벨기에, 스페인, 남아공, 아이슬란드, 멕시
            코…….

지훈   그거야 외국 얘기지.

이레   날 믿어. 우리가 어른이 될 때쯤에는 한국도 그렇게
            될 거야. 나 남들 하는 거 너랑 다 할 거야. 어디서나
            손잡고 걷고, 지하철 옆자리에 앉아서 뽀뽀하고, 나
            중엔 결혼하고, 애기도 입양하고. 너 그러기 싫어?

이레, 흥분해 있다.

지훈   (기운 없이) 나도 그러고 싶지.

이레   두고 봐. 한국도 바뀔 거야. (사이) 난 그때 내가 너

랑 같이 있었으면 좋겠어.

사이

애틋한 두 사람.

지훈   봐. 너 존나 멋있잖아.

지훈, 이레에게 가볍게 입을 맞춘 뒤 이레의 사다구니 주변을 쓰다듬는
다.

이레   학교잖아.

지훈   너 좋아하잖아.

이레와 지훈, 키스한다.

반성실의 현신은 손에 쥔 사진을 들여다보고 있다.

현신   사진을 보자. 이게 어디서 찍은 건지. 니네가 2층 과

학실에 있었으니까 사진은 맞은편 건물에서 찍었다

는 게 나오네.

이레   (키스하며) 어.

현신   이 각도에서 사진이 나오려면 위층이어야 하고. 그
럼 3층이니까……. (사이) 3층에 우리 학년이잖아.
(생각에 잠겨) 그 시간까지 누가 학교에 있지.

이레와 지훈, 진한 키스를 한다. 카메라의 플래시 조명이 터진다.

현신   사진 찍히는지 몰랐어?

이레   (잠시 입술을 떼고) 전혀.

지훈   방금 뭐 반짝이지 않았어?

이레   비가 오려나 봐.

두 사람, 서로의 몸을 더듬는다. 번쩍, 번개가 친다. 천둥소리와 함께
시작된 빗소리가 무대를 가득 채운다. 지훈, 책상을 들고 퇴장한다.

이레가 과학실에서 다시 반성실로 돌아온다. 빗소리 계속된다.

이레   (창밖을 보며) 비가 오네.

현신   누가 찍었을까.

이레   모르겠어.

현신   의심 가는 사람 없어?

이레	전혀 모르겠어.
현신	야.
이레	어?
현신	범인 잡으면 어쩔 거냐.
이레	……죽여야지.
현신	(피식 웃으며) 너 누구 패본 적 있냐?
이레	아니.
현신	맞아본 적은?
이레	며칠 전에 너한테.
현신	제대로 때려본 적도, 맞아본 적도 없으면서 죽이겠 다고? (코웃음을 짓고) 일단 종철이랑 기태한테 그날 학교에 마지막까지 남은 게 누군지 알아보라고 했 어.
이레	응. (약간 불안하게) 근데 걔네, 믿을 만해?

무대 한쪽에 조명이 들어오면 공터.
봉수, 기태, 종철 등장. 봉수가 기태와 종철의 가방을 등에 멘 채 앞서
들어온다. 기태는 봉수의 엉덩이를 발로 차면서 들어온다.

봉수	(작은 소리로) 하지 마…….
기태	(종철에게) 야, 너 좋아하지?
종철	아냐.

기태	좋아하잖아, 새꺄.
종철	아니라고, 씨발아.
기태	구라 까고 있네. 하긴 남친 있으니까. (봉수에게) 야, 도봉수. 너 내일도 돈 안 갖고 오면 죽여버린다, 알겠냐? 어?
종철	200일 지났다잖아.
기태	200일 됐다고? 미쳤네. 존나 오래됐다. 했겠지?
종철	걔 그런 애 아냐.
기태	안 했을 리가 있냐? 최소 서너 번은 했겠지.
종철	(봉수의 멱살을 잡으며) 씹새야, 내가 돈 갖고 오랬지. 너 박현신한테만 몰래 돈 갖다주는 거 모를 줄 아냐? 개새끼……. (울화통이 터지는 듯 봉수를 때리며) 누굴 좆밥으로 알아.
기태	원래 겉으로 안 그래 보이는 애들이 뒤에 가서 호박씨 까는 거야. 예쁘지도 않더만.
종철	아닌데? 나 어제 버스 정류장에서 봤는데 앞머리 잘랐거든? 존나 예뻐. 미쳤어.
기태	아닌데? 안 예쁜데?
종철	닥치라고.
기태	아닌데? 안 예쁜데?
종철	(약간 살기를 띠고) 씨발아, 닥치라고.
기태	안 예쁜데? 1도 안 예쁜데? (봉수에게) 봉수야, 걔 안

예쁘지, 그치.

종철   (화가 나서 기태의 멱살을 잡고) 예쁘다고!

기태   야, 장난이잖아.

다시 반성실에 조명이 들어온다.

현신   걔네 믿을 만해.

이레   고마워.

현신   근데, 너 과학실 말이야.

이레   어?

현신   그것도 했냐?

이레   뭐?

현신   그 뭐냐. 키스를 했으면, 그다음도, 있잖아.

이레   꺼져.

현신   니넨…… 하면 어떻게 하냐? (짧은 사이) 뒤로……
          하냐?

이레, 현신을 본다.

이레   그만해라.

현신   아! 이 새끼 존나 용감한 새끼야. 과학실이라. 내가
          학교에서 안 해본 건 아닌데, 과학실은 한 번도 생

각을 못 했단 말이야. 난 교장실에서는 좀 해보고
싶더라. 뭔가 좀 스릴 있잖아. 어? 소파도 푹신하고.
니네 그런 거, 교장도 알아?

이례　　　……어.

그 순간, 교장을 태운 사장님 의자가 무대 한쪽으로 굴러 들어온다. 무
릎을 세운 채 쪼그리고 앉아 얼굴을 묻고 있는 교장. 어딘가 애처로워
보인다.

현신　　　교장 존나 병신이라매. 교장실 의자 위에 쪼그리고
　　　　　앉아서, 하루 종일 인터넷으로 맞고만 친다고. 교장
　　　　　실 청소했던 애가 그러더라.

누군가 교장실 문을 두드린다.

교장　　　(무릎 사이에 얼굴을 묻은 채로) 열렸어.

체육이 들어와 교장에게 목례를 하고는 어정쩡하게 서 있다.

체육　　　괜찮으십니까?

교장　　　난 이러고 있으면 마음이 조금 편해져.

체육　　　정말이십니까?

교장   너도 해봐.

체육, 쭈뼛거리다 교장에 옆에 다가가 쪼그리고 앉는다.

교장   애들이 막 사진 찍어서 인터넷에 올리고 그러는 거

            아니겠지? 나 너무 불안해.

체육   걱정하지 마세요. 단도리해놨습니다.

교장   난 요즘 애들 너무 무서워. 무슨 생각을 하는 건지

            모르겠어. 나 이런 일로 막 또 인터뷰하고 그러는 거

            너무 싫어.

체육   애들끼리 장난친 겁니다.

사이

교장   (체육을 차갑게 바라보며) 니가 볼 땐 그게 장난 같니?

체육   예?

교장   그것 때문에 지금 학교 얼굴에 똥칠을 하게 생겼는

            데. 그게, 장난 같아? 일 커지면 니가 책임질 거야?

            나 정년도 얼마 안 남았는데. 나 얼굴에 똥칠하고 퇴

            임할까? 응? 감사 들어오면, 니가 책임질래?

체육   교장선생님…….

그때 교장실 문이 열리고 이레가 들어온다.

이레	교장선생님.
체육	어, 이레야.
이레	교장선생님께 드릴 말씀이 있어서요.
체육	나한테 얘기해라.
이레	교장선생님과 개인적으로 면담하고 싶습니다.
체육	(이레를 데리고 나가려고 한다.) 나가서 얘기하자.
이레	(교장에게) 제가 왜 징계를 받아야 하죠?
체육	너 그만 못 해?
이레	지금 상황에서 잡아야 할 건 사진을 찍어서 게시한 놈이에요. 걔를 잡아야 해요.
체육	정이레!
교장	한 달 동안 얌전히 반성하고 나오면 없던 일로 하지요.
이레	선생님, 저 서울대 준비반인 거 아시잖아요. 저 내년에 고3인데 학기 중에 이렇게 징계받으면 다음 시험에 타격이 너무 커요. 징계받으면 저 내신에 빨간 줄 가는 거잖아요.
체육	그만해.
이레	저 학교 입학한 이후로 지각도 한 번 안 했구요. 경시대회 입상도 세 번이나 했어요.

교장	그러니까 한 달 동안 반성하고 나오면…….
이레	교장선생님! 저 아시잖아요! (애원하듯) 기억하시죠? 제 덕분에 우리 학교 전국 석차 올라갔다고, 저 데리고 비싼 데 가서 저녁밥도 사주셨잖아요! (거의 울부짖으며) 저 아시잖아요!
교장	이레 군.
이레	네?
교장	닥쳐야 할 때 닥칠 줄 아는 것도 미덕이에요.

예상치 못한 교장의 반응에 좌절한 이레가 교장실을 나간다.

교장	건방지게 교장실에 올 생각을 해?
체육	죄송합니다.

사이

교장	걔네 (사이) 설마 서로 좋아해서 그런 걸까?
체육	아닐 겁니다.
교장	나는 진짜 이걸 어떻게 받아들여야 될지 모르겠어.
체육	저도 교사 생활 14년 만에, 이런 일 처음입니다.
교장	참 이상해. 나 젊었을 땐 그런 애 없었는데. 하필 정이레가.

체육	그러게 말입니다.
교장	징계 나온 거, 게시했나?
체육	네. 며칠 전에 오토바이 훔쳐 타다 경찰서 갔다 온 8반 박현신이랑 정이레랑 해서 반성실에서 한 달간 반성문 쓰게 했습니다.

교장실 문을 두드리는 소리.

| 교장 | (작게) 또 누구야. (문 쪽을 향해) 들어오세요. |

지훈부, 등장.

체육	누구……?
지훈부	(명함을 주며) 지훈이 애빕니다.
체육	지훈이라면…… 몇 학년 말씀이신지?
지훈부	이번에 그 사진 찍힌 애 말입니다. 남자애들끼리 그래가지고.
체육	아…… 그…… (당황하며) 예.
지훈부	(체육과 악수하며) 학생부장님이시죠? 근데 애들 이름도 잘 모르시나 봅니다?
체육	워낙 애들이 많아놔서…….
지훈부	그렇죠. (교장에게 악수를 청하며) 교장선생님이시죠?

지훈이 애빕니다.

교장   아, 반갑습니다, 아버님.

지훈부   (자연스럽게 자리를 잡고 앉으며) 담배 좀 태워도 되겠습니까?

지훈부, 대답을 듣지 않고 담배에 불을 붙인다.

지훈부   (담배 연기를 길게 내뿜으며) 요즘 애들은…… 예전 애들이랑 참 다릅니다. 어떤…… 상식이라는 걸 기대하기가 어려워요. 결국 그런 거 배우라고 보내놓은 게 학콘데. 저도 들어서 압니다. 요새 공립 고등학교, 애들 질이 원체 안 좋으니까 선생님들도 그냥 포기하고 방관한다고.

교장   음, 아버님이 어디서 그런 얘기를 들으셨는지는 모르지만…….

지훈부   지훈이를 공립에 보내는 게 아니었는데. 지 애비가 돈이라도 왕창 벌면 자사고 보냈을걸. 어쩌겠습니까. 부모 잘못 만난 팔자지.

교장   ……충격이 크실 거라 생각됩니다.

지훈부   뭐, (사이, 담배 연기를 내뱉고) 그 상대 애가, 좀, 까진 애 같던데. 공부를 잘한다는 얘긴 들었습니다. 하지만 원래 공부 잘하는 애들이 좀, 야비하고 정치적인

데가 있잖아요. 우리 애가 워낙 순진하고, 귀도 얇고, 우유부단한 데도 있고. (사이, 담배 연기를 길게 내뿜는다.) 뭐, 더러운 똥 밟았다 생각해야죠. 자퇴시키겠습니다.

체육   아니, 그러실 필요까진 없습니다.

지훈부   그럼요?

체육   예?

지훈부   그 상대 애가, 자퇴한답니까?

체육   그럴 계획 없는 걸로 아는데요.

지훈부   걔를 내보낼 거 아니면, 얘를 이딴 학교에 그냥 둘 순 없죠. 이러다 우리 애 후장 뚫리면, 당신들이 책임질 겁니까?

체육과 교장, 기가 막혀서 할 말을 잃는다.

지훈부   가보겠습니다.

지훈부, 나간다.

교장   ……담배 있냐?

체육, 담배를 건네준다. 교장과 체육, 맞담배를 피운다.

사이

반성실에 조명이 들어온다.

현신　　　교장 새끼 졸라 역겹게 생기지 않았냐.

교장과 체육, 퇴장.

이레　　　(낮은 목소리로) 개 같은 새끼.

현신　　　개 돼지 같은 새끼.

현신, 교장이 나간 방향에 대고 감자를 날린다.

이레　　　내 덕분에 전국 석차 올라갔을 때는 좋다고 질질 싸
　　　　　　더니.

현신　　　그 새끼들이 원래 그래. 원래 뒤에서 호박씨 존나 까
　　　　　　는 새끼들이야. 교장이나 체육이나 다 똑같은 새끼
　　　　　　들이라고. 그런 새끼들은 선생으로서 자격이 없어.
　　　　　　야, 나한테 잘해줘봐, 나는 두 배로 더 잘한다고.

두 사람, 흥분을 가라앉히고 각자의 자리에 앉는다.

현신　　　야, 너 근데 반성문 몇 장 더 써야 돼?

이레   나? (앞에 놓인 반성문 종이들을 들추며) 오늘 건 다섯
         장.

현신   아이 씨, 내 거 좀 불러봐.

이레, 현신의 반성문 내용을 불러준다.

이레   사람은 누구나 실수를 할 수 있다고 생각합니다. 저
         역시 한순간의 잘못된 선택으로 돌이킬 수 없는 실
         수를 저지르고 말았습니다. 하지만 한 사람이 성장
         을 하기 위해서는, 과거의 실수를 발판 삼아 더더욱
         발전해나가는…….

받아 적다 문득 고개를 들어 이레를 보는 현신.

현신   (진지하게) 뭔가 내 말투가 아니야.

이레의 휴대폰 진동 소리. 이레, 휴대폰을 확인하고는 받지 않고 끊어
버린다.

현신   전화 받아.

이레   안 받아도 되는 전화야. 빨리 써.

다시 반성문을 쓰는 이레와 현신.

현신   (펜을 던지며) 씨발, 못 해먹겠어.

이레   체육 올 시간 얼마 안 남았어.

현신, 펜을 주워 다시 손에 쥔다. 뭐라도 써보려고 하다가 문득

현신   나 이걸 왜 써야 되는지 모르겠어. 이거 쓴다고 내가

        달라질 것도 아니고.

이레   ……나도.

사이

그때 기태가 반성실 문을 열고 들어온다.

기태   현신아!

현신   알아냈냐?

기태   그날 학교에서 제일 늦게 나간 거 양호선생이래. 그

        리고 2학년 1반 담탱이랑.

현신과 이레가 서로를 본다. 현신, 이레에게 주먹을 날린다.

암전.

3장

D-20 양호실

이레와 양호가 마주 앉아 있다. 양호, 이레의 터진 입술에 약을 발라준다. 이레, 아파서 움찔한다.

양호   박현신이 이랬니?

이레   예? 아니, 좀 넘어져서.

양호   박현신 걔는 애가……. 입 좀 다물어봐.

양호, 다시 약을 발라준다.

사이

양호   너, 괜찮니?

이레   괜찮아요. 넘어진 거예요. 맞은 거 아니에요.

양호   그거 말고.

사이

이레, 아무 말도 못 한다.

양호　　걱정했다.

이레　　고맙습니다.

양호, 치료를 다 마치고

양호　　가봐.

이레　　네.

이레　　저기……. 선생님.

양호　　응?

이레　　저, 실은…… 선생님께 여쭤볼 게 있는데요.

양호　　뭘?

이레　　저기, 별건 아니고요. 지지난 주 금요일에요. 5월 20일

　　　　　이요. 비 오던 날. 그날, 선생님이랑 또 1반 선생님이

　　　　　랑, 학교에 두 분이 제일 늦게까지 계셨다고 들어서

　　　　　요.

사이

양호　　그게 뭐?

이레	(망설이다가) 실은, 제가 좀 알고 싶은 게 있는데요……. 제가 그날……. 저기, 혹시 선생님, 이런 거 여쭤보면 좀 그럴 수도 있는데…….
양호	(이레의 말을 끊고) 이레야.
이레	예?
양호	너, 혹시 무슨 얘기 들었니?
이레	예? 뭐…… 전 그냥, 그날 마지막까지 학교에서…….
양호	우리 둘 갖고, 누가 뭐라고 해?
이레	예?
양호	이레야, 잘 들어. 1반 담임선생님, 처자식 있는 분이야. 애들 사이에서 그런 소문 돌면, 걷잡을 수 없이 일이 커져. 너도 알지? 그런 게 얼마나 사람을 힘들게 하는지. 이레도, 지훈이 좋아하니까. 이해하지? 그치? 얼마나 힘든지, 이레도 알지? 그치?

이레, 당황해서 아무 말도 못 한다.

양호	아무한테도, 아무 얘기도 하지 마. 응? 애들한테도 말하지 말고. 응?

사이

양호, 절박해 보인다.

이레　　　예.

양호, 퇴장한다.

다시 반성실로 돌아온 이레.

현신　　　(흥분해서) 대박. 와, 씨발, 불륜. 대애박! 수학 그 새
　　　　　　끼, 키도 좆만 한 게 좆도 좆만 하게 생겼드만. 와,
　　　　　　애들 알면 완전 기절하겠다. 와⋯⋯.

이레, 한동안 말이 없다가 문득

이레　　　(작게) 사랑⋯⋯ 하는 걸까?

현신　　　뭐라고?

이레　　　사랑일지도, 모르잖아.

현신　　　(기가 막히다.) 사랑 좋아하네. 불륜이잖아. 1반 담임
　　　　　　결혼해서 애도 있잖아.

이레　　　웅. 그렇긴 한데⋯⋯. 양호, 눈이 울고 있더라고.

사이

이레	(불안해하며) 우리가 누군가에게 말하면, 그 사랑 안 되는 거잖아.

사이

현신	그게 그렇게 중요하냐? 사랑이?
이레	뭐가.
현신	야. 만약에 니네 아빠가 니네 엄마 두고 다른 여자 사랑한다고 하면? 열댓 살 어린 여자 사랑한다고 하면? 아, 아버지, 그러세요, 사랑이세요, 이럴 거 같냐? 넌 그게 될 거 같냐?
이레	왜 화를 내.
현신	(점점 더 화가 나서) 아니, 니가 존나 말을 웃기게 하니까 그렇지. 니가 알아, 그거를? 너, 가족들이 어떤지 아냐? 아버지가, 그딴 식이면? 집안 꼴이 어떻게 되는지 알아? 사랑? 좆 까는 소리 하고 있네.

사이

현신, 씩씩거린다.

현신	사랑이면 다 되는 줄 아냐? 와, 사랑? 사랑 좋지, 씨발. 나 참.

이레   ······미안해.

현신   니가 사과를 왜 해.

현신, 숨을 고른다. 스스로 너무 흥분하는 걸 깨닫고, 이레의 놀란 눈
을 보고, 화제를 돌린다.

현신   양호랑 1반 담임은 아닌 거 같다.

이레   (눈길을 거두고) 응. 잘못 짚었어.

현신, 창가로 가서 창밖에 대고 고함을 지른다.

현신   씨발, 이딴 것도 학교라고······!

이레, 가만히 현신을 바라본다.

암전.

4장

D-14 반성실

조명이 엷게 들어오면, 이레의 꿈속.

이레가 몸을 웅크린 채 바닥에 누워 있다. 어느새 지훈이 옆에 와 있다.

이레, 흠칫 놀라 깬다.

이레　　여기 어떻게 왔어?

이레, 일어나 창밖을 살핀다.

이레　　너 빨리 가.

이레, 지훈을 밀어낸다.

이레　　빨리 가. 지금 너 여기 있으면, 진짜 나 퇴학당해.

지훈, 말없이 버티고 서 있다.

이레　　　미쳤어? 여기 반성실이야. 나 징계 중이라고.

지훈, 이레의 손을 꽉 잡는다.

이레　　　놔줘.

이레, 지훈의 손을 뿌리치려고 하지만 힘이 너무 세다.

이레　　　지훈아, 놔줘.

지훈의 완강한 힘에 이레는 도무지 벗어나질 못한다.

이레　　　놔. 가줘. 제발. 빨리.

지훈, 힘없이 손을 놓는다.

지훈　　　(울먹이며) 내 손 또 놓은 거지. 그치.

지훈, 퇴장.

이레, 힘없이 바닥에 누워 몸을 웅크린다. 잠시 뒤 현신이 들어온다.

이레	……갔어?
현신	뭔 개소리야.

이레, 정신이 멍하다.

현신	설마 너 어제 집에 안 갔냐?
이레	어.
현신	야, 너 냄새 나. 멀쩡한 집 놔두고 왜 안 가? (대답이 없자) 너 부모님이 내쫓았냐?
이레	부모님 안 계셔. (사이) 할머니가 울어.

사이

현신, 가방에서 크림빵을 꺼낸 뒤 반으로 쪼개 그중 하나를 이레에게 건넨다. 이레와 현신, 우물우물 빵을 씹는다.

현신	범인 말이야. 의심 가는 애 생각 좀 해봤냐? 널 싫어하는 애. 널 무지하게 싫어하는 애.
이레	안 그래도, 하나 만났어.
현신	누구?

그때, 재범이 반성실 앞을 지나간다.
달력, D-15로 돌아간다.

이레	고재범!
재범	(인상을 쓰면서) 나 불렀어?

이레, 반성실 앞 공간으로 나간다.

이레	응. 잘 지내?
재범	어. 왜?
이레	뭐 좀 물어볼 게 있어서. 너 혹시, 야자 해?
재범	아니.
이레	전혀?
재범	공부도 안 하는 애들 떠드는 가운데서 집중하는 거 짜증 나.
이레	그럼 너 수업 끝나면 학교에 전혀 안 남아 있겠네?
재범	당연하지. 왜?
이레	아니, 그냥. 음, (잠시 고민하다) 애들이 너 전 과목 과외한다 그러길래.
재범	국어랑 사탐 두 개에 영어밖에 안 해. 수학이랑. 전 과목 아닌데?
이레	아아.
재범	근데 왜?

이레	아니, 그냥 뭐. 나도 과외 좀 받아볼까 해서.
재범	(어이가 없다는 듯) 넌 과외 못 해. 너 집에 돈 없잖아.
이레	뭐?
재범	개인 과외 안 받고도 전교 1등 맨날 하면서. 연애할 거 다 하면서도 전교 1등 맨날 하면서. 또 뭘 더 하게? 전교 2등이 하는 거 니가 따라 해서 뭐 하게?
이레	그냥 물어본 거잖아.
재범	내가 하는 과외, 한 시간에 30만 원짜리야. 넌 죽어도 못 해. 그리고 내 과외 선생님, 아무나 막 지도해 주는 분도 아니시고. 넌 그냥, 니 하던 대로 열심히 해. 난 간다. (가려다가) 아 참, 너 호모라는 소식 잘 들었어. 반성실에서 좋은 시간 보내.

재범, 가려는데

| 이레 | 너한테 좋은 기회네. |

재범, 걸음을 멈춘다.

| 이레 | 반성실에 갇혀 한 달 동안 수업도 못 듣고, 돈 없어서 과외 하나 못 하는 애한테 모의고사 때 또 발리지 말고 공부 열심히 해라. 머리가 나쁘면 원래 돈도 |

시간도 더 드는 거거든. 너도 잘 알겠지만.

재범, 화가 난 얼굴로 뒤돌아 이레를 본다.

이레   난 얼른 반성실 가야겠다. 하루에 반성문 50장 쓰느
     라 수학 문제 하나 풀 시간이 없네. 고재범, 파이팅!

재범, 씩씩거리며 퇴장한다.
반성실에 조명이 들어온다.

     D-14

현신   좆밥이구먼.

이레   응, 좆밥이야. 걔 맨날 모의고사 끝나면 우리 반 와
     서 내 성적 물어본다. 걔네 형이랑 누나가 다 서울대
     래. 걔 성적 떨어지면 걔 아빠가 개 패듯 팬대.

현신   그래서 그랬나.

이레   뭐가.

현신   걔, 나랑 같은 중학교였는데 시험 보다가 오줌 쌌었
     잖아.

이레   헐. 진짜?

현신	시험 보다 오엠알 카드를 밀려 썼나 봐. 답안지 걷어
	가는데 바지에 오줌을 싸더래. 존나 찌질하지 않냐?
이레	끔찍하다.

사이

이레	서울대 준비반. 나 빠진 자리에 고재범 들어갔더라.
현신	병신 그래서 기가 살았구먼. 니가 다시 뺏으면 되지.
이레	나도 앞으론 힘들 거야. 징계받은 타격이 너무 커.
현신	징계 끝나고 공부 열심히 하면 되잖아.

사이

현신	걔는 공부 얼마나 하냐?
이레	전교 10등 안엔 들걸.
현신	넌?
이레	보통 1등 했지.
현신	공부는 어떻게 하면 잘하냐?
이레	머리가 좋으면.
현신	개새끼.

사이

현신   야, 나 그래도 초딩 땐 공부 잘했다.

이레   초딩 때는 다 잘해.

현신   나 그때 맨날 올백 맞았거든?

이레   너 수업 시간에 잘 듣긴 해?

현신   아니. 처자지.

이레   그래 놓고 어떻게 공부 잘하길 바라냐?

현신   들어도 몰라. 야, 덧셈 뺄셈도 모르는 애한테 막 근
         의 공식 그런 거 가르쳐주면 알 거 같냐?

이레   징계나 받지 말든가. 오토바이는 왜 훔쳤어?

현신   그냥. (짧은 사이) 형들이 시켰어.

이레   뭐? 야, 최꼬추한테 얘기해. 형들이 시킨 거라고.

현신   됐어. 내가 징계받고 말면 되는 거야.

이레   너 징계 끝나면 퇴학당할지도 모르는데?

현신   그럼 찌질하게 가서 이르냐?

이레   그게 니네 의리냐?

현신   야, 니가 뭘 알아. 공부만 하던 애가. (사이) 애들이
         날 왜 무서워했는지 아냐?

이레   왜?

현신   나는 생각을 안 하거든. 때릴 때. 이렇게 때리면 뼈
         가 부러지겠다, 얘가 안경을 썼다, 누구네 집 자식이
         다, 아님 뒤에 봐주는 형이 있다, 그런 생각을 안 해.
         그래서 애들이 무서워했지. 근데 이제는 그렇게 안

된다.

이레   왜?

현신   동생 새끼 때문에.

이레   아

현신   지 형이 박현신이라니까 다들 쫄고 뒤봐주고 하니까. 아, 근데 이건 원칙도 없이 애들을 패. 지 형보다 더한 놈 소리 들어.

이레   청출어람이네.

현신   그게 뭐야?

이레   별거 아냐.

현신   그래서 내가 좆나 때렸거든. 야, 이 씹새야. 개념 없는 새끼야. 근데 걔가 그러는 거야. 다 형한테 배운 거라고. (사이) 듣고 보니 그런 거 같기도 하고. 그래서 난 고등학교는 졸업했으면 좋겠어. 내가 졸업을 해야 걔도 졸업은 할 거 같아.

이레   대학은?

현신   어차피 이 성적으로 수도권도 못 가잖아. 내신도 좆 같고 출석도 개판이야.

이레   어쩌게?

현신   군대부터 갔다 올까 싶기도 하고.

이레   졸업하자마자?

현신   아, 몰라.

이레	공부 말이야. 어떻게 하면 잘하냐고 물었잖아. (짧은 사이) 이유가 있어야 해.
현신	무슨 이유?
이레	공부를 잘해야 하는 이유. 예를 들어서, 니가 이 반성문을 잘 써야 하는 것처럼. 그래서 졸업을 하고, 그래야 동생이 졸업을 하는 것처럼.
현신	니 이유는 뭐였는데?

사이

이레, 대답하지 않는다.

현신	(이레의 반성문을 내려다보며) 반성문, 다 썼냐?
이레	(같이 내려다보며) 아니.
현신	빨리 써.
이레	할 말이 없어.
현신	소설 쓴다며, 잘 쓴다며.
이레	……이유를 모르겠어.

사이

이레와 현신, 생각에 잠긴다.

체육, 현신의 반성문을 읽고 있다.

체육　　박현신.

현신　　네.

체육　　이게 다냐?

현신　　네.

체육　　조금 전에 들어온 정보가 있다.

현신　　네?

체육　　잘 생각해봐라. 충동적인 마음에 오토바이를 훔쳤는
　　　　데, 어떻게 하루 새 튜닝까지 했으며, 또 어떻게 키도
　　　　없는 오토바이에 시동을 걸어서 폭주까지 했을까?
　　　　정말, 단지, 충동적으로, 한번 해본 걸까?

현신, 대답하지 못한다.

체육　　너는 분명 처음이라고 했지, 그치? 듣자 하니, 지지
　　　　난 주에 옆 학교 애들이 도난 오토바이 타다가 잡혔
　　　　는데, 걔네가 그 오토바이 너한테 빌렸다고 했다던
　　　　데. 이건 또 어떻게 된 일일까?

현신, 대답하지 못한다.

체육 더 써. 쓸 게 많을 테니까. 디테일할수록 좋고, 실명
거론하면 더 좋아. 언제까지나 반성문에다가 소설을
쓸 수는 없잖아. 그치?

이레의 반성문을 받아 읽는 체육.

체육 "학교에 물의를 일으켜 죄송합니다. 그러나 나는 아
무 잘못도 하지 않았습니다."

체육, 한숨을 쉰다.

체육 이게 다냐?
이레 예.
체육 더 쓸 거 없냐?
이레 예.
체육 박현신, 나가 있어.

현신, 나간다.

체육 니가 이런 식으로 나오면 학교에서도 도와줄 수가

없어. 이레야, 너 때엔 그럴 수 있어. 헷갈릴 수 있다고. 너 같은 애들, 예전부터 학교에 하나씩 있었어. 조금 혼란스러워하는 애들. 학교 다닐 때는 친구랑 워낙 친하다 보니까 이게 여자 좋아하는 거랑 같은 감정으로 착각하기도 하고 그래. 그런데 시간 지나잖아? 다 결혼해서 애 낳고 잘 살아.

이레, 체육에게 눈길도 주지 않는다. 체육, 들고 온 백지를 이레 앞에 내려놓는다.

체육 이레야. (사이) 내가 널 이해 못 한다고 생각할 수 있어. 그런데 난, 난 니가, 평범하게, 정상적으로 살았으면 좋겠다. 내 말, 알지? 다시 그러지 않겠다고, 잘못했다고, 잠깐 방황했다고, 그렇게 쓰면 되는 거야.

이레, 고개를 숙이고 있다. 체육의 휴대폰 벨소리가 울린다.

체육 할머니 생각해봐, 너 하나 바라보고 사시는. 너 때문에 맨날 교회 가서 우신다잖냐.

체육, 반성실을 나가면서 전화를 받는다.

체육   여보? 어, 상담 중이었어. 걱정 마. 오늘 나 안 늦

어…….

체육, 나간다. 이레의 어깨가 미세하게 떨린다. 현신, 체육이 나가자 다
시 반성실로 들어온다.

사이

시간의 경과. 무대가 더 어두워진다.

이레   (중얼거리듯) 게이레다, 게이레.

현신   뭐?

이레   아까 점심시간에…… 화장실 갔는데 뒤에 있던 애
들이 그러더라. 내 별명인가 봐.

현신   그걸 그냥 뒀냐?

이레   그럼 뭐라 그래. 내 이름이 이레고, 내가 게인데. 그
냥 웃기더라. 게이레……. (피식 웃는다.)

현신   좆밥들이.

사이

이레, 고개를 숙인 채 마른 울음을 운다. 현신, 그런 이레가 안쓰러워
다가가려는데 '카톡' 알림 소리가 난다. 휴대폰을 확인하고 흥분하는
현신.

D-7

조명의 변화.

현신이 복도에서 종철의 멱살을 잡고 있다.

현신	너 원래 이런 놈이었냐?
종철	놔.
현신	좆같은 새끼가, 친구 여친을 후려?
종철	니네 깨졌잖아.
현신	깨지긴 누가 깨져!
종철	교은이가 너한테 그만하자고 했는데, 니가 안 듣는 거 아니야?
현신	닥쳐.
종철	교은이가 너 싫다잖아.

현신, 종철의 얼굴에 주먹을 날린다. 종철, 쓰러진다. 현신, 쓰러진 종철의 멱살을 잡는다.

현신	씨발 새끼.
종철	더 쳐. 더 쳐, 그냥. 더 해봐. 그리고 너 학교 짤려.

종철과 현신, 서로를 노려본다.

현신, 잡은 멱살을 놓는다. 종철, 일어나 반성실을 나가려다 현신을 흘 끗 본다.

종철   어제 1학년 애들 불러다 깠다.

현신   (기가 막힌 듯) 니가? 왜?

종철   왜? 안 돼? 왜 안 되는데? 나는 그러면 안 돼? 니가 여기 처박혀 있어서 상황 돌아가는 거 모르나 본데, 요즘 애들 존나 나대는 거 장난 아냐.

현신   씨팔, 일진 형아 나셨네.

종철   니가 예전의 박현신 같냐?

현신   아가리 닥쳐.

종철   (입술의 피를 닦고 옷매무새를 정돈하며) 혹시나 해서 하는 말인데, 교은이 이제 내 여자야. 교은이에 대해 서 안 좋은 얘기 하고 다니지 마라. 찌질하게.

종철, 퇴장한다.

D-3

복도 벽에 기댄 채 서 있는 교은과 현신. 교은, 계속 휴대폰만 보고 있

다. 교은의 휴대폰에서 끊임없이 '카톡' 알림 소리가 난다. 현신, 괜히
휴대폰을 만지작거리면서 교은의 눈치를 본다.

현신	(교은의 손을 보고) 반지, 커플링이냐?
교은	왜 오라 그랬는데.
현신	종철이가 사줬냐?
교은	아, 왜 오라 그랬냐고.
현신	좋냐?
교은	어. 개잘해줘, 나한테.
현신	(사이) 좋겠네.

교은, 누군가에게 카톡을 보낸다.

현신	너 치마 존나 짧다.
교은	오빠가 뭔 상관이야.

교은, 계속 카톡을 보낸다.

교은	아, 왜 불렀냐고.

사이

현신	너 정이레 아냐? 나랑 같이 반성실에서 징계받는 애.
교은	아, 그 변태?
현신	(올컥해서) 걔 변태 아니야!
교은	(깜짝 놀라 휴대폰에서 눈을 떼고 현신을 보며) 아이 씨, 나 갑자기 누가 소리 지르는 거 제일 싫어하는 거 몰라? 오빠 걔랑 뭐야? 베프야?
현신	아니, 뭐.
교은	오빠 왜 맨날 소리 질러, 나한테? 어?
현신	……미안해.
교은	(조금 누그러져서) 걔 뭐.
현신	뭐, 그냥. 그 걔네 사진 말이야. 누가 찍었나 범인이 궁금해서. 혹시나 해서 말인데, 애들 사이에 뭐 얘기 도는 거 없냐? 학교에서 니가 소문 제일 빠르잖아.
교은	……그것 때문에 부른 거야?

사이

| 현신 | 아니, 그런 건 아닌데. |

사이

교은, 현신을 빤히 쳐다본다. 현신, 교은의 눈길을 피한다.

현신	잘 지냈냐?
교은	어. 존나.
현신	좋네.

사이

교은	오빠 오토바이 사고 낸 날. 그래서 경찰서 가고 학교에서 징계 먹기 전날. 그날 우리 200일이었던 거 아냐?
현신	아.
교은	아?
현신	……미안.
교은	사과 진짜 잘한다. 원래 절대 안 하잖아. 오빠 사과 하는 거 제일 싫어하잖아.

현신, 대답하지 못한다.

교은	나 왜 불렀어?
현신	(기어들어가는 목소리로) ……보고 싶어서.

교은, 울컥하여 뒤돌아 나간다. 현신, 차마 잡지 못한다. 교은, 몇 걸음 가다가 몸을 돌려 현신을 본다.

교은   우리 층 계단 난간 옆에 창고 같은 게 있어. 거기 맨
        날 자물쇠로 잠겨 있고, 아무도 안 써. 애들이 그러
        는데, 밤이면 거기 안에서 이상한 소리가 들린대. 그
        래서 전에 누가 열어보려고 문을 땄는데, 안에서 누
        가 그 문을 잡고 안 놔주더래. 존나 무서워서 막 소
        리 지르면서 도망갔대. 그래서 요새 애들 개쫄아서
        거기 근처에 가지도 않아. 거기 가보든가.

잠시 생각하는 현신.

현신   고마워.

교은, 나간다.

현신   (혼잣말로) 아 씨팔, 진짜.

복도에 쓸쓸히 혼자 남은 현신.

현신   정이레!

이레, 고개를 든다.
반성실에 조명이 들어온다.

현신　　　나 범인 어딨는지 알 거 같아.

암전.

5장

D-1 3층 복도/밤

현신과 이레, 휴대폰 조명을 켜고 어두운 복도를 조심스레 걸어간다.
두 사람, 목소리를 낮춰 대화한다.

현신   귀신일까?

이레   범인일 수도.

현신   귀신이면 어쩌지?

이레   너 잡아가라 그래야지.

현신   지랄 싼다.

현신과 이레, 창고 문 앞에 다다른다.

이레   이거야?

현신   어.

이레   열어봐.

현신   니가 열어.

이레   내가 막대기 들고 서 있잖아.

현신, 이레의 막대기를 빼앗아 든다. 그대로 서 있는 두 사람. 무서워서 문을 열 수가 없다.

현신   아무것도 없을 것 같아.

이레   ……그래야 정상이지.

현신   뭐가 있으면 어쩌지?

이레   니가 막대기 들고 서 있잖아.

현신   나 귀신 존나 싫어하는데.

이레   세상에 귀신 좋아하는 사람도 있냐?

현신과 이레, 그렇게 한참을 서 있다.

현신   좀 앉아서 기다려볼까?

이레   ……그래.

어두운 복도에 주저앉은 현신과 이레.

이레   학교는 아무도 없을 때는 완전 다른 곳 같아.

현신   어. 졸라 조용해.

이레   응.

사이

현신   야.

이레   어.

현신   나 그저께 전 여친 만났다.

이레   그, 구교은인가, 걔?

현신   ……어.

이레   예쁘냐?

현신   어.

이레   그거 했냐?

현신   당연하지. 근데 과학실에선 안 했다.

이레   우린 갈 데가 없었어.

사이

현신   존나 후회돼. 좀 잘할걸.

이레   됐어. 여자 많잖아.

현신   그치. (짧은 사이) 근데 걔는 개 하나잖아.

이레   ……그치.

사이

현신	걔 말이야, 지훈이라는 애.
이레	응.
현신	니 애인이지?
이레	아니야.
현신	그럼 뭐야?
이레	······그냥 친구야.
현신	어디서 구라를 쳐.

사이

현신   너 걔 좋아했지.

사이

현신   왜 좋아했다고 말 안 해?

사이

현신   너 그러다 다신 말 못 한다.

사이

이레	만약에.
현신	어?
이레	내가…… (사이) 좋아했다고 하면, (사이) 진심이라고 하면, 그럼…… 사람들이 뭐라고 할까?
현신	그거야…….
이레	양호선생 눈이 울고 있었다고 해도, 양호가…… 진짜 그 사람 사랑한다고 해도, 아무도 그걸 사랑이라고 안 믿어주잖아.

사이

현신	너 걔 사랑하냐?

이레와 현신, 서로의 눈을 본다. 그 순간, 창고에서 덜커덕, 소리가 난다. 두 사람, 깜짝 놀라 나가떨어진다. 도망가는 현신을 이레가 잡아 다시 끌고 온다.

이레	혼자 토끼기냐?
현신	씨발, 너 소리 들었냐?
이레	어. 뭐가 있긴 있나 봐.

이레, 결심한 듯 창고 문을 연다. 열리지 않는다. 이레와 현신, 힘을 합쳐서 문을 당긴다. 한참의 시도 끝에 문이 벌컥 열리고, 그 반동으로 이레와 현신이 뒤로 나가떨어진다. 청소도구와 목재로 가득 찬 두 평 남짓한 창고의 청소도구함 안에 봉수가 있다. 어두운 가운데 봉수가 들어가 있는 청소도구함만 환하다. 세 사람 모두 당황해서 한동안 멍하니 있다.

현신　　　도봉수……?

봉수, 꿈틀꿈틀 움직인다.

현신　　　여기서 뭐 하냐?

얼굴이 시뻘게진 봉수가 벌떡 일어나 창고에서 위에 있는 창문을 열고 뛰어내리려고 시도한다. 놀란 현신이 달려들어 봉수를 붙잡는다.

현신　　　너 미쳤어?
봉수　　　제발 놔줘!
현신　　　(봉수의 허리를 끌어안고) 놓긴 뭘 놔, 이 새끼야!

현신, 겨우겨우 봉수를 끌어 내린다.

현신　　　너 뭐 했어?

봉수, 대답이 없다.

현신　　　여기서 뭐 했냐고!

현신, 봉수를 겁주려고 주먹을 치켜든다.

이레　　　니가 범인이야?

봉수, 대답하지 못한다.

이레　　　그 사진, 니가 찍은 거야? (청소도구함 위 창문을 가리키며) 저 창문으로?

사이

이레　　　왜?

봉수, 바들바들 떨고 있다. 이레, 봉수의 멱살을 잡아 흔든다.

이레　　　왜!

봉수　　　(터져 나오듯) 너만 행복한 것 같아서.

이레　　　……뭐?

봉수　　　너만, 너만 잘 사는 거 같았어.

이레　　　그게 이유야?

봉수, 힘겹게 고개를 끄덕인다.

이레　　　그게 다야?

봉수, 대답이 없다. 이레, 봉수의 멱살을 놓고 천천히 저만치 걸어간다. 현신, 그런 이레의 뒷모습을 가만히 바라본다. 깊은 한숨을 내쉬는 이레. 품에서 주섬주섬 무언가를 꺼낸다. 칼이다. 현신, 이레가 칼을 들고 봉수에게 달려들자 다급하게 이레를 붙잡는다.

현신　　　야! 너 미쳤어?

이레　　　놔!

봉수, 공포에 질려 비명을 지르며 창문 아래로 뛰어내리려고 한다. 현신, 이레의 팔을 쳐서 칼을 멀리 날아가게 한다. 이레가 다시 칼을 집으려고 뛰어가자 현신이 붙잡는다.

현신　　　야, 이 미친 새끼야! 너 이대로 인생 종 치고 싶어?

이레   놔! 놓으라고!

현신, 이레의 얼굴에 주먹을 날린다. 이레가 나가떨어진다. 순간, 뒤를 돌아 봉수를 보는 현신. 봉수, 창문 밖으로 한쪽 다리를 넘기고 있다. 현신, 봉수를 겨우 끌어 내린 뒤 창문을 닫는다. 그러고는 창고 안에서 봉수를 끌어내 복도 바닥에 밀친다.

현신   (헉헉대며) 이…… 미친 새끼들이…… 돌아가지
          고……. 야! 니네 미쳤어?

이레, 겨우 고개를 들어 코피를 훔치고는 봉수에게 달려들어 때리기 시작한다. 주먹을 날리고, 날리고, 또 날리지만 분이 가시지 않는다. 현신, 이레를 말려보지만 이내 역부족이란 걸 깨닫고 내버려둔다. 이레, 점점 맥이 풀리고 힘이 빠진다. 결국 봉수를 붙들고 주저앉아 마른 울음을 운다.

봉수   (울먹이며) 여기 안에서 기다렸어. 모두 다 집에 가
          고 학교가 텅 빌 때까지. 야자 끝나고 나오면, 애들
          이 맨날 교문 앞에 기다리고 있다가 때리고, 돈 뺏
          고……. 그러면 야자 끝나고 가는 애들이 내가 맞는
          거 다 보고……. 돈도 없는데…….

사이

봉수 나 빼고, 나 빼고 다들 잘 살잖아……. 나만, 나만 이
렇게. 아무도 나를 신경 쓰지 않아. 나는 그냥……
(훌쩍이기 시작한다.) 청소도구 같은 거야. 빗자루나
마대 걸레 같은 거……. 대신 애네는 바닥이라도 닦
잖아……. 나처럼 매일 맞지 않아도 되잖아…….

이레 (봉수를 퍽퍽 치면서) 개새끼야, 그게 내 잘못이야? 니
가 마대 걸레 같은 놈인 게, 니가 빗자루만도 못한
게…… 그게 지훈이랑 내 잘못이냐고…….

사이

봉수 여기 숨어서…… 창문 밖을 보면…… 늘 과학실만
불이 켜져 있었어. 니네 둘이 과학실에서 공부하는 거
봤지. 처음에는 니네가 키스하는 거 보고 되게 놀랐
는데…… 그런데…… (사이) 어느 순간 억울하더라.

말을 잇지 못하는 봉수.
긴 사이

이레 사진이 붙던 날…… 지훈이랑 학교에 왔는데 현관

게시판 앞에 애들이 바글바글했어. 애들이 막 소리 지르고 난리가 났더라. 지훈이랑 나랑 게시판 쪽으로 갔더니, 애들이 수군수군하면서 우릴 피했어. 그런데 게시판이 우리 사진으로 다 뒤덮여 있는 거야. 순간 그 자리에 있을 수가 없어서…… 그래서 도망가려는데, 지훈이가 내 손을 꽉 잡았거든. (사이) 근데, 내가 그 손을 뿌리쳤다.

사이

이레   내가 잡아줘야 했는데.

이레가 운다. 오랫동안 참아온 눈물.

봉수   (울면서) 미안해…….

현신, 교복 재킷을 벗어 울고 있는 봉수에게 걸쳐준다.

현신   (망설이다가) ……아팠냐?

어떤 버튼이 눌린 듯 큰 소리로 엉엉 우는 봉수. 중학생보다 더 작아 보이는 세 사람 위로 조명이 천천히 어두워진다.

6장

D-Day 반성실

이레와 현신, 힘없는 목소리로 반성문을 읽고 있다. 체육이 두 사람 뒤에 서 있다.

이레, 현신	잘못했습니다.
이레	진심으로
현신	가슴 깊이
이레, 현신	반성합니다.
체육	다시.
이레, 현신	잘못했습니다.
이레	진심으로
현신	가슴 깊이
이레, 현신	반성합니다.
이레	담임선생님께
현신	죄송합니다.

이레	교장선생님께도
현신	용서를 구합니다.
체육	진심을 담아서 다시. 처음부터 다시.

이레와 현신, 숨을 가다듬고 큰 소리로 읽기 시작한다.

이레, 현신	잘못했습니다.
이레	진심으로
현신	가슴 깊이
이레, 현신	반성합니다.
체육	좋아!
이레	담임선생님께
현신	죄송합니다.
이레	교장선생님께도
현신	용서를 구합니다.
이레	매일같이 우리를 보살펴주시는
이레, 현신	학생주임 최성기 선생님께도 죄송한 마음뿐입니다.
현신	징계를 마치고
이레	수업으로 돌아가면
현신	예전과는 다르게
이레	예전처럼 열심히
이레, 현신	학업에 정진해서

이레	그간 목표로 했던 서울대에
현신	인 서울 4년제 대학에
이레, 현신	갈 수 있도록 열심히 노력하겠습니다.
이레	다시 한 번, 반성합니다.
현신	오토바이를 훔쳐 도로를 폭주했던 그 밤의 미성숙했던 행동을
이레	과도한 학업 스트레스로 순간적인 충동을 억제하지 못하고

이레, 말을 이어가지 못한다. 현신, 고개를 들어 이레를 본다.

이레	……마음에도 없는 행동을 했던 것을
이레, 현신	용서해주세요.
현신	앞으로는 그간의 잘못을 뉘우치며 성실하게 학교생활 하겠습니다.
현신	박현신
이레	정이레
현신, 이레	올림.
체육	고생했다. 내일 오전 징계위원회 소집할 거다. 교장 선생님이랑 다 오실 테니까, 옷 깨끗하게 입고 와. 아, 각자 반성문 챙겨 오고.

체육, 퇴장. 분노와 서러움이 턱 끝까지 차오른 이레와 현신.

현신　　　그동안 수고했다.

이레　　　너도.

사이

현신　　　학교에서 니 징계 기록 생활기록부에 안 올릴 거 같

　　　　　　더라.

이레　　　어…….

이레, 천천히 창가로 다가가 창문을 연다.

이레　　　넌 졸업하겠네?

현신　　　그래야지.

이레가 창밖으로 반성문을 한 장씩, 한 장씩 날려 보내기 시작한다.

현신　　　너 미쳤어? 야!

이레, 아무 요동 없이 계속 반성문을 날려 보낸다. 마지막 한 장까지
다 날려 보낸 뒤

이레   만약에, 만약에 내가 사랑이라고 하면. 진심이라고
           하면. (사이) ……너는 믿어줄 거냐?

이레의 휴대폰이 울린다. 두 사람, 마주 본 채로 휴대폰 진동음을 듣고
있다. 이레, 휴대폰을 꺼내 손에 쥐고는 현신을 계속 바라본다. 현신도
그런 이레를 계속 바라본다. 격려하듯 이레의 등을 툭 치는 현신. 이레,
오랫동안 받지 못했던 전화를 받는다.

이레   여보세요.

사이

이레   지훈아.

이레, 가만히 지훈의 목소리를 듣고 있다.

이레   그동안 전화 못 받아서 미안해.

사이

이레   무서워서 그랬어.

이례　　　……사랑해.

사이

이례, 전화를 끊고 눈물을 흘리며 창밖을 본다. 현신, 이례 곁으로 다가
와 등을 툭 친다.

현신　　　가자.

이례와 현신, 엉망이 된 반성실을 정리하고 가방을 챙긴다. 두 사람, 반
성실을 잠시 둘러본 뒤 떠난다.

텅 빈 반성실 위로 조명이 천천히 어두워진다. '미래를 선도해갈 자랑
스러운 하필인 육성' 간판만이 밝게 빛난다. 간판이 흔들린다. 흔들리
다, 흔들리다, 삐걱, 기운다.

천천히 암전.

막

가족오락관

시간	현재

공간	가족의 집

등장인물

주정	44세, 가정주부였으나 남편의 죽음 이후 가장의 역할을 함
종덕	75세, 주정의 시아버지, 무직
명진	22세, 주정의 아들, 컴퓨터 부품 공장 직원
명주	20세, 주정의 딸, 주유소 아르바이트생
순영	65세, 주정의 시어머니, 아들의 죽음 이후 쓰러져 의사소통이 어려움

1장

저녁.

노래방 기계의 전주가 흘러나온다. 나훈아의 〈남천동 부르스〉다.

조명이 들어온다.

가정용 노래방 기계를 틀어놓고 노래를 부르고 있는 가족. 종덕이 마이크를 잡고 감정에 취해 노래를 부른다. 명진은 또 다른 마이크를 잡고 추임새를 넣는다. 주정과 순영은 블루스를 추고 있고, 명주는 노래방 책을 뒤지고 있다.

명주   오빠! 일팔칠이공!

명진   일팔칠이공!

명진, 노래방 기계에 번호를 찍는다.

명주   엄마! 근데 아빠 왜 안 와?

주정   아까 출발했다고 전화 왔어.

명주   이팔칠이공이 아니라! 일팔칠이공!

그때 울리는 전화벨.

명주   어! 아빠가 보다!

명주, 무릎으로 걸어가 전화를 받는다. 모두 분위기에 취해 별 신경을 쓰지 않는다.

명주   여보세요.

주정   아빠니?

명주   여보세요? 잘 안 들려요. 예?

명진   빨리 오시라 그래!

종덕   "사랑도 꿈도 잃어버리인." 캬악! (가래를 뱉는다.)

명진   (짜증을 내며) 할아버지, 제발 좀!

명주   아빠 아니에요? 누구라고요?

주정   (고개 돌리며) 왜 그래?

명주   몰라. 잘 안 들려. 엄마가 받아봐.

주정, 전화기를 들고 구석에 가서 전화를 받는다.

주정   네? 네, 그런데요. 네. 네? (사이) 네……. 알겠습니다.

다들 노래에 취해 정신이 없다. 주정, 정신을 놓은 듯 멍하니 앉아 있다.

주정　　　명진아, 노래 꺼봐.

다들 주정의 말을 듣지 못한다.

주정　　　노래 꺼!

깜짝 놀라 노래방 기계를 끄는 명진.

종덕　　　뭐 하는 짓이가!

갑작스러운 정적. 모두 주정을 본다. 힘들 게 입을 떼는 주정.

주정　　　병원 가자. 아빠가, 돌아가셨다.

순간적으로 굳는 가족. 갑자기 순영이 '쿵' 하고 쓰러진다. 다들 놀라 순영에게 달려든다.

암전.
〈남천동 부르스〉의 음악 소리가 커진다.

2장

3년 후.

어수선한 집 안. 지저분하고, 피폐하다. 혼자 소주를 마시고 있는 종덕.

옆에는 소주병이 즐비하다. 명진이 들어온다. 피곤에 절어 있다.

명진   엄만요.

대답이 없는 종덕.

명진   엄만요.

종덕   인사 안 하나.

명진   다녀왔습니다.

종덕   내가 어째 아나.

전화를 거는 명진.

명진   (휴대폰 전원이 꺼져 있다.) 엄마, 왜 꺼놨어요. 이거 들으면 전화 주세요.

종덕 냅두라. 일 끈나마 술 한잔하고 올끼 아니가.

명진 근데 왜 휴대폰을 꺼놔요. (명주에게 건다.) 야, 조명
주. 너 지금 몇 신지 알아? 너 당장 들어와. 들어오
라면 들……. (전화 끊긴다.) 여보세요?

종덕 한잔하그라.

명진 싫어요.

종덕 니미, 할애비가 술 한잔 줄라 캉께…….

획 다가와 앉는 명진.

명진 말씀하세요.

종덕 명진아.

명진 예.

종덕 일은 할 만하나?

명진 예.

종덕 니 머 만든다 캔나?

명진 컴퓨터 하드디스크에 들어가는……. (말하려다 말고)
있어요.

종덕 니 방금 내 무시했나?

명진 예,네요.

종덕 예, 아니에요?

명진   오늘, 저 열일곱 시간 연짱 근무하고 들어온 거예요, 할아버지.

종덕   애쓴다.

명진, 쌓여 있는 술병들을 흘끗 본다. 기가 막힌다. 종덕, 재떨이에 가래를 뱉고는 소주를 단숨에 들이킨다. 그 잔에 소주를 따라 명진에게 건넨다.

종덕   (손을 뻗어 잔을 건네며) 젊어서 고생은 사서도 한데이.

명진이 아무 반응 없자 민망해져 소주잔을 내려놓는 종덕.

종덕   느그 어마이 요새 머 하노?

명진   몰라요.

종덕   아들놈이 지들 으마이 뭐 하는지도 모르노.

명진   엄마가 별로 안 좋아해요. 묻는 거. 갈 데 빤하잖아요. 기술이 있는 것도 아니고.

종덕   정육점 박사장이 접때 마트 갔다 니 에미 거 봤다 카던…….

명진   (말 자르며) 하우스 갔었어요?

종덕   아니……. (당황한다.) 박사장이랑 나랑 하우스에서

　　　　　만 만나는 사인 줄 아냐?

명진　　아니에요, 그럼?

사이

종덕　　구경만, 했다.

사이
명진의 눈치를 보는 종덕.

종덕　　진짜로.

사이

명진　　(위협적으로) 작작하세요.
종덕　　(수그러든다) ……알았다.

사이

종덕　　(자기 잔에 소주 따르며 쾌활하게) 마트에서 돈 받고
　　　　　영수증 주고 머 이런 거 하나 보던데?
명진　　관뒀대요. (소주 조금 마신다.)

종덕   와.

명진   돈 틀려서 메꾸느라 그게 더 드나 봐요.

종덕   느그 으마이 산수는 진짜 못한데이.

명진   저도 못해요.

종덕   느그 아바이는 산수 참 잘했지. 명주 고 년이 저거
         애비 닮았어야 하는 걸 갖다가…….

명진   애는 착해요. 떽떽대서 그렇지.

종덕   어린 게 발랑 까지가꼬 만날 오밤중에 집에 겨들어
         오는…….

명진   주유소 알바 하잖아요.

종덕   하이튼 가는 안 댄데이. 접때 집에 오는데 젖꼭지 튀
         어나온 티샤쓰 입은 농띠 새끼랑 끼안고 있드만, 동
         네 창피하게.

명진   얼굴 까맣고 턱 튀어나온 애?

종덕   맞지 싶다.

명진   아이 씨, 내가 걔 만나지 말라고 했는데.

종덕   저 아바이 살아 있었으마 그 지랄 안 했지.

명진   할아버지.

명진, 짜증스러운 눈빛으로 종덕을 쳐다본다. 바로 입 다무는 종덕.

사이

명진 (혼잣말처럼) 대학, 보냈어야 하는데, 걔라도.

종덕 돈 많은 놈 만나 시집 잘 가믄 다행이지.

종덕, 소주를 마신다.

사이

종덕 명진아.

명진 예.

종덕 힘들제?

명진 예.

종덕 젊었을 때 피 튀기게 고생한 걸로다가, 나이 먹고 정
신 차리고들 사는 기지. 내는 애가 워낙 공부만 하
고 하니까는 집에서도 공부로 클 놈이다 해서 귀하
게 키워갖고는 고생이라고는 뭐……. 다 부모가 그
래놔서는 이제 와서 이런 꼬질꼬질한 집구석이 쫌
견디기 껄끄럽고 그라지만, 니는 다르지 않겠나. 욕
보는 거 욕보는 거라 생각하지 마라.

종덕이 침 튀기며 이야기하는데, 명진 멍하게 있다.

명진 (반쯤 찬 소주잔 만지작거리며 혼잣말하듯) 이것만 넘기
면.

종덕   뭐?

명진   이 순간만 넘기면, 뭐가 좀 달라질까요?

종덕   (소주병을 확인하고) 명진아, 쏘주 쫌 더 사 온너레이.

일어나는 명진.

종덕   진로, 참이슬 두 병만 사 오그라. 잔돈 있나? 있음
             세 병 사 오고,

명진, 방으로 들어간다.

종덕   어디 가노? 야, 야! 지미…….

남겨진 종덕, 명진의 잔에 남은 소주를 비운다. 문득, 누워 있는 순영을
바라보는 종덕. 종덕, 엉덩이를 끌고 순영에게 다가간다. 순영의 바지
에 코를 대고 냄새를 맡아본 후 기저귀를 갈아준다. 익숙하고 느린 동
작. 기저귀를 간 종덕, 순영 옆에 가만히 눕는다. 순영의 젖을 만진다.

종덕   (혼잣말로, 어쩌면 울음처럼) 순영아…….

사이

종덕, 벌떡 몸을 일으킨다. 순영의 얼굴을 빤히 본다.

종덕   니 방금 뭐라 캔나?

순영의 입에 귀를 갖다 대는 종덕.

종덕   뭐라고? 뭐? 한 번만 더 말해봐라. 야, 야야…….

천천히 암전.

3장

며칠 후, 밤. 어두운 무대.

명진, 혼자 벽에 기대앉아 있다. 문이 열리는 소리가 들리고, 조심스럽
게 주정이 들어온다. 화장이 진하다. 어둠 속에서 명진을 발견하고 흠
칫하는 주정.

주정   (당황한 기색을 감추며) 들어가서 자지, 왜.

명진   술 마셨어요?

주정   어, 조금. 명주는 왔니?

명진   아뇨. 물 드릴까요?

주정   아니다. (방에 들어가려고 한다.)

명진   엄마, 잠깐만.

일어나려는 명진. 방으로 들어가려다 멈칫하는 주정.

명진   저랑 얘기 좀 해요.

주정   늦었어. 일단 자자. (방으로 들어가려고 한다.)

| 명진 | 할 얘기 있어요. |

주정, 잠시 생각을 한다. 부엌으로 가 물통과 컵을 가져오는 주정. 명진과 멀찌감치 떨어져 앉는다. 컵에 물을 따르다 말고, 입 대고 마시는 주정. 둘 다 말이 없다.

| 주정 | 명주가 늦네. |
| 명진 | 늘 이래요. |

어색한 사이

| 명진 | 회식 갔었어요. (사이) 그 노래방에. |
| 주정 | 그래……. 니네 부장님, 면도 좀 해야겠더라. |

농담이랍시고 웃는 주정. 명진, 웃지 않는다.

명진	하필.
주정	…….
명진	그것도, 그 방에.
주정	(한숨) 그러게 말이다.
명진	언제부터예요?
주정	중요하니.

명진	생각 많이 해봤어요. 어디부털까. 왜 꼭, 이렇게까지 됐어야 할까.
주정	그렇게 될 일은, 꼭 그렇게 되더라.
명진	뭐가요?
주정	전부 다.
명진	엄만 맨날 다 초탈한 사람처럼 말하더라.
주정	나라고 그게 다 돼서 이러니.
명진	되지도 않는 거 왜 자꾸 그런 척해요.
주정	그만해라.
명진	아빠 돌아가시고 나서, 전부 다, 전부 다 어그러졌어요. 그 몇 푼 안 되는 월급, 겨우 그거 없어졌다고, 이렇게 모조리 후져질 줄 몰랐어요. (사이) 나, 아빠 보고 싶어요. 사실, 내가 그리워하는 게 아빤지, 아빠 월급인지도 모르겠어요. (눈물 닦는다.) 아이 씨, 장례식 때도 안 울었는데…….
주정	인정하면 좀 편해져.
명진	뭘를요? 뭘 인정해요?
주정	제발.
명진	나 고작 공돌이 된 거? 기름 넣는 명주? 아님, 저 할머니? 집 경매 넘어간 거? 이거 다 인정해! 그럼, 오늘 노래방에서 김 부장 그 새끼가 부른 아줌마 중에 엄마 있었던 건? 이것도 인정하면 편해질 일이에요?

아, 김 부장 씹새끼……. 엄마도 2차 가요?

주정 하고 싶은 말이 뭐니.

명진 엄마, 우리가 왜 이렇게 된 건지 알아요?

주정 뭐?

명진 문제의 시작은 딱 한 놈 때문이에요.

주정 무슨 말이야.

명진 아빠 죽이고 우리 두 번 죽인 놈.

사이

주정 아직까지 그 생각 하니?

명진 엄만 그게 잊혀요? 과실치사? 그거면 다 덮어버릴 수 있는 거야?

주정 브레이크가 고장 났었다는 걸…….

명진 (말을 자르며) 브레이크가 아니라 그 인간 뇌가 고장 나서 일부러 아빠한테 액셀 밟은 거면?

주정 쓸데없는 생각이야.

명진 잘 생각해봐요. 엄마, 내가, 오늘, 노래방에서, 엄마를 만난 거야. 누구 때문에? 바로 그 인간 때문에. 내가 아빠를 그리워하게 만든 그 월급! 그걸로 마누라랑 자식들 먹여 살리면서, 휴일이면 등산 가고 가끔 외식도 하고 주말엔 골프도 치면서, 잘 먹고, 잘

살고 있을 그 인간.

주정　어쩌자고.

명진　없어져야 해.

주정　뭐?

명진　아빠 죽었고, 우리도 이 꼴 났는데 그 사람이 잘 사
는 건 법이 아니야. 그건 뭔가 인류적으로 문제가 있
지 않아요, 엄마? 아니, 억울하잖아.

주정　미쳤구나.

명진　나 하루에 스티커 4800개 붙여요, 엄마. 우리 조 완
품 대비 불량률 0.002퍼센트다? 내가 11년째 스티
커 붙인 아줌마보다 더 빨리 붙여. 어제도, 눈깔 빠
지게 일하고 있는데, 그 수염 안 깎는 부장이 오더
니, 내 머리를 쓰다듬으면서 그러는 거야. '명진이,
일 잘하네?' 그런데, 엄마, 웃긴 게 뭐냐면. 내가, 내
가 너무 기쁜 거예요. 마음이. 얼마나 기뻤으면, 그토
록 기뻐하는 나를 죽여버리고 싶더라니까? 이젠 내
기쁨이, 고작 스티커 잘 붙였다고 변태 부장이 머리
쓰다듬어주는 데서 오는 거야. 누가 날 이렇게 별거
아닌 인간으로 만들었어? 대체 누가…….

참담한 모자.

긴 사이

주정　　나 얼마 전에 마트에서 우연히 그 사람 봤다. 마누라랑 장 보러 나왔나 보더라. 둘이 같이 내 옆으로 지나가는데, 나도 모르게 몸을 돌렸어. 나 볼까 봐. 제일 싼 우유 고르는 나 볼까 봐……. 숨어야 하는 건, 내가 아닌데.

사이

주정　　만약에, 만약에 그 사람이 없어지게 된다면……. 너, 그 사람 없어지면…….

명진　　나 잘 살 수 있을 거 같아요. 엄마, 나 기쁠 거예요.

주정　　우리 그럼, 좀 편해질까?

암전.

4장

저녁.

반상을 사이에 놓고 앉아 살인 계획을 세우는 주정과 명진. 명진은 노트에 끊임없이 무언가를 쓴다.

명진	지문은 남기면 안 되잖아요. 수술용 장갑 같은 거 낄까?
주정	사람 몸에도 지문이 남는대니?
명진	남을 거예요, 아마.
주정	검색해봐라.

인터넷으로 검색을 해보는 명진. 명주가 문을 열고 들어온다. 주정과 명진, 이를 눈치채지 못한다.

명진	남는대요.
주정	그럼 장갑은 무조건 껴야겠다.
명진	엄마.

주정	어?
명진	그 집도 애가 있었죠?
주정	그래, 여자애 둘 있지. 큰애는 시집간 거 같더라. 다행이지.
명진	뭐가요?
주정	시집.
명진	그게, 다행이에요?
주정	그래도 낫잖니. (사이) 니네보단.
명진	(힘들게) 그 집도. 우리 집처럼 될까요?

사이

주정	명진아.
명진	네.
주정	우리 집에 매년 설날마다 배달 오는 갈비 있잖아. 한우 1등급.
명진	고모가 보내주는 거요?
주정	그거 그 사람이 보낸 거다.
명진	뭐요? 엄마 미쳤어요? 우리한테 그걸……. 왜 말 안 했어요?
주정	처음에는 도로 돌려보내려고 했는데……. 니네 아빠 살아 있을 때도 한 번도 못 먹어봤던 거잖아.

명진	아니, 아무리 그래도…….
주정	(말 자르며) 니네가 너무 잘 먹었어.

명진, 대답 못 한다.

주정	너무 맛있게, 많이 먹었어. 입에 뭐 넣어주면 맨날 뱉어내는 니네 할머니도 꼭꼭 씹어 삼키고. 니네 할아버지야, 말할 것도 없고. 나도, 먹었어. 맛있었으니까. 그런데, 자꾸 그 사람을 용서하는 기분이 들더라. 용서해달라고 보내는 고기를 먹었어. 우리 모두가. (짧은 사이) 그 사람은. 용서받은 줄로 알 거야.

명진, 분노한다.

사이

명진	산소 지나서 중랑천 가는 뒷길. 거기로 해요. 약은?
주정	현숙이네 약국에서 몰래 좀 갖고 왔다. 손이 떨려서, 내가……. 아까 조금 테스트해봤는데, 괜찮을 거 같아.
명진	누구한테 테스트를 해요?
주정	그냥, 아주 조금. 한 댓 시간 엎어져 있었다. 치사량은 아니고, 부분 마취 할 때 쓰는 정도로만 했는데.

이 정도면 별문제 없지 않을까 싶네.

명진 그걸 자기한테 해보는 사람이 어디 있어요.

주정 너한텐 못 하겠더라.

명진 아, 답답하게…… 왜 그런 위험한 짓을 해요. 마취하면 수명 단축된다 그러던데.

주정 (농담 투로) 뭐 어떠냐. 죽는 건 아닌데.

주정, 웃는다. 명진, 웃지 않는다. 둘 다 할 말을 잃는다.

명진 그러면, 일단 5월 5일 오전으로, 그 새끼 새벽에 동네 뛸 때.

주정 6시 40분.

명진 (받아 적으며) 가제 수건에 약 바르고, 명당빌라 지날 때 입 막고…….

주정 다리 아래로 끌고 가서…….

명진 사람 지나가진 않으려나?

주정 세 시간 동안 할아버지 한 명 지나가더라.

명진 그럼 비닐봉지에 넣고….

주정 이불 가방에 넣어서 택시로.

명진 삽이랑 비니루 어디 있어요?

주정 벽장 속에.

명진 동서울터미널, 9시 40분발 중화고속.

주정   도착해서 묻고 나면 대충…….

명주   (갑작스레) 뭐야?

명주가 옆에 서 있다. 명진과 주정, 갑작스러운 명주의 등장에 당황한
다.

명주   뭐 하는 거야, 지금.

명진   뭐, 뭘 인마.

명주   난 귓구멍에 좆 박은 줄 알아?

주정   언제부터 들었니.

명주   중랑천 가는 뒷길.

얼굴 파래지는 주정과 명진.

명주   나 잘못 들은 거지?

명진   넌, 넌 가서 공부나 해.

명주   학교 때려치운 지 2년이야. 지랄하지 마. (주정에게)
         무슨 말이야. 무슨 말이냐고, 이게.

주정   동네 사람들 듣는다.

명주, 달려와 엄마의 손을 붙들고 묻는다.

명주   엄마, 죽이려는 거야, 그 사람? 엄마랑 오빠가 죽여
       버리려고?

명진   (말리려고) 엄마.

주정   이차피, 죽었어야 했어.

명진   엄마!

명주   왜 그래. 엄마, 원래 이렇게 무서운 사람이었어? 엄
       마 안 이랬잖아, 왜 이래, 진짜. 그런다고 뭐가 나아
       져? 달라지는 게 뭐냐고?

주정   그래서, 싫니?

명진   엄마, 말 섞지 말아요. 얘 제정신 아니야.

명주   좋겠어? 좋아해야 돼, 내가?

주정   니가 싫은 건 뭔데? 정말, 싫긴 하니?

명주   엄마 지금 딸까지 살인자 만들려는 거야?

명진   이게 진짜! (때리려고 한다.)

명주   씨바, 때려봐! 때려봐! 오빠가 엄마 꼬셨지? 엄마 그
       럴 사람 아닌 거 내가 아는데! 명진이, 이게!

주정   명진아, 가만있어봐. 명주야.

명주   뭐!

주정   니가 싫어하는 게 뭔지 잘 생각해봐.

명주   질문이라고 해요?

주정   사람이 죽는 거?

명진   엄마, 하지 마.

주정　아님, 니네 엄마가 기대한 사람이 아닌 거? 것도 아님, 이러다 들통 나서 신문 가생이에 기사 두 줄 나고 감옥 가는 거?

사이

주정　니네 아빠 죽인 사람이 죽는 거, 너 그거 싫은 거 아니야. 명주야. 알잖아. 니네 아빠가, 너 얼마나 예뻐했니. 니 생일 때마다, 꼬박꼬박 편지 써주던 사람이잖아. 기억 안 나니? 너 집에 늦게 올 때면, 버스 정류장까지 나가서 너 기다리던 거. 너 주유소에서 기름 넣고, 아저씨들한테 치이고 하는 거 볼 때마다, 나 니네 아빠한테 너무 미안해. 명주야. 니네 아빠만 그렇게 안 됐으면, 너 학교도 다녔을 거야. 니가 하고 싶던 디자인학원, 것도 내가 끊어줬겠지. 뭐가 달라지냐고? 이러고 그냥 살면, 그럼 어쩔 건데. 뭐가 좀 나아지니? 이렇게 맥 빠지게 앉아서, 넌 너대로, 난 나대로, 얘는 얘대로 망가져가는 꼴 넋 놓고 보고 있으면, 뭐가 달라져?

명진과 명주, 아무 말도 못 한다.

주정　　　니네 오빠도 나도, 위험하다는 건 알아. 그런데, 죽
　　　　　지 말아야 할 사람이 죽었는데, 죽어야 할 사람이
　　　　　살아 있는 건, 니무 억울하잖니…….

천천히 암전.

조명 어슴푸레하게 밝아진다. 무대에는 온 힘을 다해 꿈틀거리는 순영
의 몸체만이 희미하게 드러난다. 어느 순간, 화분이 넘어지는 둔탁한
소리가 난다.
완전히 암전.

5장

저녁.

심각한 표정으로 뉴스를 보고 있는 주정, 명진, 명주.

기자   충북 음성의 한 마을에서 신원미상의 사체가 발견
되어 경찰이 수사에 나섰습니다. 어제 새벽, 땅 위
로 드러난 사람의 손을 이상하게 여긴 주민의 신고
로 출동한 경찰이, 신원을 알 수 없는 사십대 중반
의 남자의 시신을 발견했습니다. 경찰에 의하면, 시
신은 부패 정도로 보아 사망한 지 일주일가량 지난
것으로 판단된다고 합니다. 경찰은 인근 마을을 중
심으로 탐문 수사를 벌이고 있으며, 국립과학수사연
구소에 시신의 신원확인을 요청한 상태입니다. TBS
뉴스…….

명진, TV를 끈다. 침울하고 심각한 분위기.

명진   역시 저기다 묻는 게 아니었는데.

명주   저기 할머니 고향 맞지? 원래 범인들은 자기네들이
        잘 아는 동네에 묻는대. 그래서 경찰들이 가까운 사
        람들 위주로 탐문 수사 하잖아.

명진   넌 그런 중요한 걸 왜 이제 얘기하냐?

명주   나도 어제 인터넷 기사보다 알았단 말이야.

명진   저 노친네는 쓸데없이 눈만 밝아가지고.

명주   깊이 묻었어?

명진   당연하지! 지난번에 무슨 영화 봤더니 3미터 넘게
        묻어야 파리가 안 꼬인대서, 줄자로 재가며 팠다.

명주   근데 왜 팔이 땅 밑에서 튀어나와.

주정   다음 날에 내린 폭우 때문일 거다.

명진   제길, 일기예보를 확인했어야 하는데.

명주   그런 것도 확인 안 하고 묻었단 말이야?

명진   3미터 10센티를 팠는데 저렇게 될 줄 누가 알았냐?
        그럼, 장마철엔 사람 죽어도 묻지도 못하게?

명주   (혼잣말로) 제대로 하는 게 없어.

명진   이게 싸가지 없이…….

주정   실종 며칠째지?

명진   열흘 됐어요.

주정   시체 신원은 금방 확인될 거야. 실종자 위주로 알아
        볼 테니까.

명주	경찰이 전화 와서 뭐 물어보면 나 막 더듬을 거 같아.
주정	걱정 마라. 경찰이 조사해봤자 뭐 돈 떼인 거 있나, 내연의 여자가 있나, 이런 거나 조사하겠지. 여기까진 생각 못 할 거야.
명진	역시 선산에 묻는 게 아니었는데.
명주	오빠랑 나도 죽으면 저기 묻히겠네? 아 씨, 저 아저씨가 귀신 돼서 괴롭히는 거 아냐? 무서워…….
명진	넌 교회 다니는 애가 그런 걸 믿냐?
명주	작년 크리스마스 때 가고 안 갔어.
명진	어쨌든, 천국 못 가는 건 저 새끼지 니가 아니야.

주정, 옆에 쓰러져 있는 화분을 발견하고 도로 세워놓는다. 바닥에 떨어진 흙을 손으로 모아 화분 안에 담는 주정. 문득, 화분 옆에 뻗어 나온 순영의 손을 발견한다. 주정, 잠시 무엇인가를 생각하는 듯하더니, 순영의 손에 묻은 흙을 털어내고 다시 이불 속에 넣는다. 명진과 명주는 주정을 의식하지 못한다.

주정	명진아, 화분에 재 떨지 마라.
명진	어? 나 아닌데. 야, 조명주! 너 집에서 담배 피…….

명주, 명진의 입을 막고 손가락으로 '쉿!' 표시를 한다. 그때, 방문 열고

종덕이 들어온다. 부엌에서 물을 따르는 종덕. 가족들은 종덕을 눈치 못 챈다.

명주　어쨌든 난 화장해서 뿌려줘.

명진　(명주의 손 떼어내며) 할아버지면 몰라도, 넌 벌써부터 그런 걱정을 하냐.

명주　할아버지도 돌아가심 저기로 가?

명진　가족 공동묘지가 저긴데 어딜 가냐.

명주　나 성묘 절대 못 가.

명진　존나 찜찜하겠지? 엄마, 할아버지 못자리 굳이 저기다 해야 돼요?

주정　어차피 땅 좁아서 친척들이 옮겨야 하나 하던 중이었어. 할아버진 딴 데 알아보자고 해야지. 할아버지 묻고 나면, 우리가 두고두고 가야 할 거 아니니.

시선을 느끼고 뒤도는 주정. 종덕이 주먹을 쥐고 서 있다.

주정　아, 아버님…….

종덕　오냐. 감사하다.

당황하는 가족.

명진	(소곤대며) 야, 내가 말조심하랬지!
명주	같이 해놓곤 지랄이야! (종덕에게) 어디부터 들으신 거예요?
종덕	시끄럽다! 늙은이 어따 갖다 치울까 고민하나?
주정	아버님, 일단 진정하시고…….
종덕	진정은 무슨 똥물에 말아 먹을 진정이가! 너거 요새 나랑 눈 마주치면 설설 피하고 뒤에서 꿍시렁거리는 거 내 모를 줄 알았나? 그래 아범 죽고 나니까 먹고 사는 게 힘드나? 입 하나 줄마 돈도 덜 들고 좋겠데 이!
명진	(달려가 종덕을 붙들고) 할아버지, 그런 거 아니에요, 오해예요.
종덕	오해? 오해라 캐나? 좋데이, 그래, 이제 나만 뒤지마 대는 기가? 느그들이 언제 나 사람 취급이나 했나? 돈도 못 벌어오고 술만 처먹는 늙은이…… 나가 디 지야지. 어디 묻혀주까? 응? 지금 땅 파고 드가주 까?
주정	아버님, 저희 말을 좀 들어보시고…….
종덕	그래, 내가 너무 오래 살았지! 늙으마 죽어야지. 그 랬으마 좋았을 것을……. 아이고, 재중아, 내 아들 아. 와 그리 빨리 갔노. 내가 아들 먼저 보내고 무슨 영화를 누리겠다고…….

주저앉아 꺼이꺼이 우는 종덕.

명진　　　(주정에게) 어떡해요!

명주　　　할아버지 울어, 엄마.

주정　　　아버님, 그게 아니라요, 사실은⋯⋯.

암전.

6장

밤.

반상에 소주병과 소주잔, 마른안주가 있다. 둘러앉은 종덕, 주정, 명진, 명주.

종덕 쏘주가 옛날처럼 안 달아. 맹맹하이, 이렇게 물 마이 타서 맹글아놓고 지들 이윤 더 내서 뒷구녕으로 처 먹을라 카지, 씨부럴 놈의 새끼들.

명진 요새 다들 순한 거 찾아서 그런 거예요, 할아버지. 원가 덜 나와서 그런 게 아니라.

종덕 이래이래 얼라들은 그 맛을 몰라, 두꺼비 쏘주 맛을. 그랑께 요즘 아들이 인생 쓴맛 모르고 사방에 미친 짓 하고 돌아댕기는 거 아니가. 물 탄 쏘주 먹는 놈 들이 세상 무서분 걸 알아?

명주 두꺼비 그려진 옛날 쏘주 먹으면 몰랐던 인생 알게 되나? 꽐라 되기나 하지.

종덕 말끝마다 꼬리 잡아땡기는 년은 너밖에 없지, 암!

명주	꼭 할아버지는······.
명진	그만해, 인마.

사이

주정	애 아빠 알려나.
종덕	뭐?
주정	우리가, 그런 거. (사이) 죽인 거.
종덕	술 먹자.
주정	싫어할 거 같아. 소심한 사람이니까. 겁 많으니까.
명진	고마워할 거예요.
명주	정말 그럴까, 오빠?
명진	혼자 죽음 억울하잖아. 고생은 혼자 다 했는데. 죽이고 싶었을 거야, 아버지도.
종덕	잘 돌아간다. 애비가 죽어서까지 애새끼들 사람 죽이게나 하고.
명진	전에 아버지가 그랬어. 아빠가 된다는 건, 밖에서 죽이고 싶은 사람을 안에 있는 사람들 때문에 못 죽이고 사는 거라고.
주정	그런 말도 할 줄 아는 사람이었구나.
종덕	가가 고등학교 때 시 써서 상도 받았데이.
명주	별로 시적인 대사는 아닌데요?

종덕	이 분위기에서도 너는 토를 달고 싶냐?
주정	소심하고, 겁 많은 사람이니까. 싫은 소리 한번 못 하는 사람이니까. 살아 있을 때 죽이고 싶던 사람한테 커터 칼 한번 못 들이밀었을 사람이니까.

사이

명주	(명진에게) 괜찮을까?
명진	나도 몰라, 인마.
종덕	개안을 끼다. 더 갈 데도 없다. 니네는 입조심이나 하그라. 그라고 에미야. (사이) 수고했다.

꼼짝없이 앉아 있는 그들. 종덕 혼자 소주를 따라 단숨에 비운다.
암전.

7장

초저녁.

평화로운 음악이 흐른다. 거실에 앉아 과일을 먹으며 대화를 하고 있는 명진과 주정. 음악 멈춘다. 울면서 대문을 열고 들어오는 명주.

주정	명주야, 왜 울어?
명진	야, 무슨 일이야?
명주	(울먹이며) 엄마. 오빠. 나, 오늘 수술했어…….

짧은 암전.

조명 들어온다. 착잡한 표정으로 앉아 있는 주정과 명진. 여전히 훌쩍이는 명주.

명진	언제부터야.
명주	10주…….
명진	왜 지금 얘기하냐.
명주	얘기하면, 뭐가 달라져?

명진	달라지고 말고가 아니라…….
주정	그런 얘기가 어디 있니. 명주야, 우린 가족이잖아. 가족이 왜 있니. 힘들어 죽을 것 같을 때, 세상 사람들이 다 너 손가락질하고 욕할 때도 옆에서 편드는 거, 그게 가족이야.
명진	우리가 가족도 보통 가족이냐? 우리는 힘 모아서 사람까지…….

흠칫해서 명진을 보는 주정과 명주. 멈칫하는 명진.

짧은 사이

주정	아픈 덴 없니?
명주	아프진 않은데 내 몸이 내 몸 같지 않아. 힘이 없어.
주정	저녁은. 먹었니?
명주	속이 안 좋아.
주정	미역국 먹어야 하는데……. 엄마가 끓여줄게.
명진	너 돈은 있었냐?
명주	(망설이다가) 오빠 카드로 긁었어.
명진	에이 씨발! (흥분해서) 너 미쳤냐?
명주	사장 새끼가 돈을 안 주는데 어떻게 해!
명진	애는 지가 배게 해놓고 돈을 왜 안 줘!
명주	지, 지 앤지 어떻게 아냐잖아. (울음을 터뜨린다.)

명진   썹새끼! 개좆같은 새끼!

주정   아이구야······.

명주의 울음소리가 걷잡을 수 없이 커진다.

주정   (명주를 부축해 일으키며) 방에 들어가자. 일단 좀 자.
             엄마가 미역국 끓여놓고 깨울게.

울며 방으로 들어가는 명주. 방문을 닫는 주정.

명진   사람도 아니야.

주정   딸이 있다더라.

명진   몇 살 먹었대요?

주정   동네에 고등학교 다닌대.

명진   지 딸 같은 애를 그렇게 해?

어쩔 줄 모르고 거실을 빙빙 도는 명진. 머리를 쥐어뜯다가, 벽에 머리
를 박기도 한다.

명진   아! 씨발, 씨발! 씨발! (물건을 집어 던진다.)

주정   그만해! 명주 들어.

명진   엄마, 당장 신고해요. 그런 좆같은 새끼······. 온 동

네에 소문 다 내서 매장시키고, 주유소 문 닫게 한

담에, 평생 감방에서 썩혀야 해. 난 일단 그 새끼 면

상이나 보고 패야겠어. 뒤지게 패야겠어. 그래야지,

그 씹새끼……. (잠바 집어 들고 나가려고 한다.)

주정   (명진을 잡으며) 가지 마라.

명진   놔요.

주정   니가 그 인간 패면, 니가 얘 오빠 거 사람들이 다 알

　　　테고. 그럼 그 인간이 명주한테 무슨 짓 한지 사람들

　　　이 다 눈치챌 텐데, 그럼, 명주는 어떡하니? 명주 얼

　　　마나 상처받을까 생각해봤어? 이 동네 좁다. 흥분하

　　　지 마.

괴로워하다 도로 앉는 명진.

사이

주정   그래도, 패고 싶지?

명진   (괴로워하며) 네.

주정   그러고 나면, 속이 시원하겠니?

명진   할 수 있는 게 없잖아요. 명주는 앞으로 10년, 20년

　　　뒤에도 오늘만 생각하면 몸서리가 쳐질 텐데. 명주한

　　　테 난, 아무것도 해줄 수 있는 게 없어요. 엄마…….

　　　너무 화가 나요.

주정　　　　그럼 우리 어떻게 하면 조금, 속이 풀릴까?

천천히, 주정을 보는 명진. 마주 보고 있는 둘. 주정, 가만히 명진의 손을 잡는다.

주정　　　　죽일까?

암전.

8장

밤.

거실에 앉아 멍하니 오락 프로그램을 보고 있는 주정과 명주. TV에서
는 끊임없이 웃음소리가 터져 나온다. 주정과 명주, 중간중간 실없이
웃는다. 대문이 열리고, 지친 모습의 명진이 들어온다. 명진, 실수로 순
영의 팔을 밟고 선다.

명진　　　저 왔어요.

주정　　　일찍 왔네. 밥은.

명진　　　먹었어요.

주정　　　너 할머니 밟았다.

명진, 발을 뗀다.

명진　　　할머니 왜 일로 치웠어?

주정　　　(명주에게) 니가 옮겼니?

명주　　　(TV에 시선 고정한 채) 뭘? 할머니? 아니.

명진	요새 자꾸 발에 걸려.
주정	기저귀 갈아드리고 나면, 꼭 제자리에 갖다 놔라.
명주	(듣는 둥 마는 둥) 응.

명진, 순영을 질질 끌어다 원래 자리에 놓는다. 주정과 명주 옆에 드러 눕는 명진. 고개를 까딱 돌려 TV를 본다. 웃긴 장면. 다 같이 웃는다.

명주	엄마.
주정	응?
명주	알바 같이 했던 애가 그러는데.
주정	응.

주정과 명진, 내색 안 하려 노력하지만 둘 다 몹시 긴장한다. 모두의 시선은 전면의 TV에 고정되어 있다.

명주	그 사장, 죽었대.
주정	응.
명주	뒤통수를 삽으로 찍었대.
주정	응.
명주	잘된 거지?
주정	잘된 거야.

TV 소리. 오락 프로가 끝난다.

소리　　곧이어 TBC 뉴스가 방송됩니다.

명주　　테레비 계속 볼 거야?

명진　　꺼.

TV 끈다. 명진 바로 옆에 드러누워 명진을 쳐다보는 명주.

명주　　오빠, 죽었음 싶은 사람 없어?

명진　　왜 그래?

명주　　그냥……. 있어?

명진　　세상에 죽이고 싶은 사람 하나 없이 사는 사람이 어
　　　　딨겠냐.

명주　　다들 그런가?

명진　　다들 그래. 남자는 어차피, 군대 가면 다 죽이고 싶
　　　　은 사람 생겨.

명주　　오빠 군대 안 갔잖아.

명진　　어쨌든.

명주　　그럼, 오빠 누군데?

명진　　나? 나는……. 우리 공장 C조 조장.

명주　　조장? 그렇게 불러?

명진　　응. A조가 조립하고, B조가 스티커 붙이면 C조가

포장해.

명주 근데 C조 조장이 왜.

명진 (하려다가 말고) 얘기 안 할래다.

명주 해봐, 왜. (진지하게) 가족이잖아.

사이

명진 그 새끼는……. 날더러 늘 '뚱땡아!'라고 불러. 첫날 들어와서 식당에서 밥을 먹는데, 갑자기 '야, 밥 뒤돌아서 먹어'라는 거야. 난 가만히 있었어. 그 새끼가 날 보는지도 몰랐어! 지독한 사시거든. 그런데, 그때부터 식당에 있는 모든 인간이 나를 보는 거야. 결국, 내가 식판을 들고 뒤돌아서 밥을 먹기 시작했는데……. 그때부터 모두 웃기 시작하는 거야! 그게 시작이었어! 내가 존나 붙여놓은 스티커를 다 뜯어서 내 등에 붙여놓지를 않나, 내 작업복에다가 가래를 뱉어놓지를 않나, 젓가락으로 똥꼬를 쑤시고, 회식 때마다 나랑 춤추자면서 엉덩이 만지고.

명주 세상에, 악마 같아.

명진 왜 하필 나일까? 내가 일을 못하나? 못생기고 뚱뚱해서? 그건 내 잘못이 아니잖아. 아무리 생각해도 잘못한 게 없어. 그러면, 결과는 하나야. 내가 병신인 거야. 병신이고 뚱뚱한 거야. 나 요새 점심도 조금밖에 안 먹는데……. 공장서 움직이지도 않고 하루 종일 앉아 있으니까 2년 동안 15킬로가 쪘어! 그래, 나 뚱뚱해. 그럼 이렇게 당해도 싸다는 거야?

주정　니 잘못이 아니야.

명진　상상을 해. 그 새끼 주둥이에다가 스티커를 4800개 붙이는 거야. 아무 말도 못 하게. 얼굴을 다 덮어버리는 거야. 아무것도 못 보게!

명주　못 할 게 뭐야! 오빠, 얼굴 다 덮어버리자! 다신, 오빠 앞에서 숨도 못 쉬게 하자!

명진　죽어가면서, 날 똑바로 보게 할 거야. 내가 얼마나 무서운 놈인지, 알게 될 거야.

명주　엄마도 말해요. 괜찮아, 나 다 이해해. 우리가 도울게.

주정　나는…….

명진　말해요, 엄마. 말해요.

사이

주정　만 8천 원 놓고 나가더라. 입으로 빨았는데.

명진과 명주, 침묵하다가

명진　　　개부터 먼저 죽여요.

긴 암전.

9장

조명 들어오면, 현관에 서 있는 주정, 명진, 명주가 현관 바로 앞에까지 와서 누워 있는 순영을 내려다보고 있다. 말없이 순영을 끌어다가 제자리로 옮기는 명진. 명주, 흐트러진 이불을 챙겨다가 순영을 덮어준다. 종량제 봉투에서 와인과 하얀 양초 두 개를 꺼내 반상에 놓는 주정. 부엌에서 유리잔도 들고 나온다. 와인을 따서 잔에 따르는 주정. 양초에 불을 켜고, 명주를 시켜 형광등을 끈다.

명진   뭐예요, 이거?

주정   뭐긴 뭐야. 자축이지.

명주   이런 술 비싸지 않아?

주정   이마트에서 7천 원 주고 샀다.

명주   싸네.

주정   촛농 받칠 거 없나?

명진   우린 이런 거 안 어울려요.

명주   좋구먼 뭐. 엄마도 본 건 있네. (잔을 들며) 자, 짠!

주정   짠.

명진	(웃으며) 짠.
명주	(한 입 먹고는) 맛있다.
명진	그러게.
주정	안 피곤해?
명주	괜찮아.
주정	우리 딸, 힘세더라.
명진	그러니까. 등치 있어서 무게가 꽤 나가던데. 손에 피 닦고 뒤돌아보니까, 명주가 혼자서 질질 끌고 가고 있더라고.

작은 소리로 킬킬 웃는 세 사람.

| 명주 | 그 아저씨 표정 봤어? (흉내 내며) 어! 어이! 누구십니 까? |

입을 틀어막고 웃는 세 사람.

주정	그래도 C조 조장 때보단 고생 덜했지.
명진	어휴, 걔는 말라 비틀어져서 툭 치면 쓰러질 거 같은 게, 목숨 질기대.
주정	삽질만 스무 번 넘게 한 것 같다.
명주	그 아저씨, 꼭 생선 같았어. 팔딱. 팔딱. (몸서리친다.)

명진	인간 같은 인간은 아니지.
주정	명진이 너도 이제 잊어버려, 죽었잖니.
명주	그 사람, 오빠 봤어?
명진	봤지. (사이) 똑똑히 봤지. 혹시나 날 못 볼까 봐 얼굴 갖다 댔어. 눈동자가 확 커지더라. 무슨 말을 하려고 입을 벌리는데, 그대로. (죽었다는 시늉을 한다.)
명주	뭐라고 말하려 했을까?
명진	뚱땡이.
주정	설마.
명진	웃자고 하는 소리야.
명주	근데, 우리 사장은 어떻게 죽었어?

사이

주정	알고 있었구나.
명주	어떻게 몰라.
명진	독하다, 너도. 끝까지 모른 척하다니.
명주	어떻게 죽었는데.
명진	쉽게 갔어.
주정	그 사람. 주유소 문 닫고 집에 가는 길이었어. 우린, 그 시간 맞춰서 기다렸고. 뒤를 가만가만 따라가는데……. 노래를, 부르고 있었어.

명주　　　노래? 무슨 노래.

주정　　　많이 들어본 거였는데, 뭐였더라.

사이

〈남천동 부르스〉가 낮게 깔린다. 세 사람이 잠시 생각을 하는 동안 갑
자기 조명이 들어오고 음악이 꺼진다.

명주　　　으아악!

형광등 스위치에 손을 올리고 부들부들 떨고 있는 종덕. 놀라서 아무
말도 못 하는 가족들.

종덕　　　숨길 수 있을 거라고 생각하나?

암전.

10장

조명 들어오면, 종덕이 무대의 중앙에 앉아 술을 마시고 있다. 주정과 명주가 종덕의 눈치를 보고 있다.

종덕　　　테레비.

주정, TV를 켠다.

종덕　　　물.

명주, 부엌으로 달려가 물병과 컵을 갖고 온다.

종덕　　　(빈 병 보며) 소주가 없네.

주정, 부엌으로 가 소주를 갖고 온다. 주정과 명주, 종덕의 말에 대답 없이 복종한다.

종덕   (소주를 따라 한 입 마시고는 확 뱉어내며) 뭐꼬, 이게!

주정   예?

종덕   미적지근하잖아! 찬 거!

주정, 부엌으로 뛰어 들어가 차가운 소주를 갖고 온다. 종덕, 따라 마
셔보고는 만족스러워한다. 종덕의 뒤통수를 노려보는 명주.

종덕   명주야.

명주   (흠칫해서) 네.

종덕   어깨 쫌 주물러봐라.

명주, 종덕의 어깨를 주무른다. 명진, 대문 열고 등장.

명진   다녀왔습니다.

종덕   왔나!

명진, 흠칫한다.

종덕   머 그러이 놀라노? 죄진 거 있나?

명진, 방으로 들어가려고 한다.

종덕   명진아! 테레비 쫌 돌려봐라!

명진, 마지못해 다가와 TV 채널을 돌린다.

종덕   뉴스 보자.

뉴스가 나온다. 명진, 방으로 들어가려고 한다.

종덕   같이 보자!

명진, 마지못해 멀찌감치 떨어져 앉는다. 소주 뚜껑을 따서 입 대고 마
시는 종덕. 노려보는 명주.

앵커   다음 뉴스입니다. 중랑구에서 일어난 컴퓨터 부품
             공장 직원 살인 사건이, 미궁에 빠진 채 수사의 진전
             을 보이지 못하고 있습니다. 인근 주민들의 증언에
             의하면……

종덕   (혀를 차며) 시상이 어찌 돌아갈라꼬, 온 동네 사람
             들이 다아 죽어나간다. 명진아! 우리 손자야. 시상이
             참 흉흉하지, 그지이?

TV를 꺼버리는 명진.

종덕　　　뭐 하는 짓이고?

종덕, 리모컨으로 TV를 켠다. 다시 TV로 다가가 전원을 꺼버리는 명진. 다시 켜는 종덕. 다시 전원을 끄는 명진.

종덕　　　조명진!

긴장이 흐른다. 어쩔 줄 모르는 주정과 명주.

종덕　　　니 미친나?

명진　　　볼 거면 딴 거 보세요. 누구 도는 꼴 보고 싶어요?

종덕　　　내가…… 너 정말 돌게 만들어보까?

명진　　　왜 이래요.

종덕　　　와 이칼까?

명진　　　원하는 게 뭐예요?

종덕　　　원하는 게 뭐냐고? 죄진 놈이 죗값을 치르는 사회 다!

종덕의 멱살을 잡는 명진. 놀라 비명 지르는 명주.

명진　　　벌레 같은 새끼.

종덕　　　그래! 치바라! 나랑 같이 경찰서 가까? 네 명 죽인

것도 모자라 패륜까지 저지르실라고? 아이고, 이보
소 사람들! 손자가 지 할애비 맥살을 잡습니다!

명주　　오빠, 하지 마, 하지 마!

종덕을 노려보는 명진. 먹살에 잡힌 채 조롱 섞인 눈빛으로 명진을 쳐
다보는 종덕.

주정　　명진아.

사이

종덕, 몸부림을 쳐서 명진의 손을 떨어내다가 바닥에 고꾸라진다. 헛기
침을 하고는 옷을 털면서 일어나는 종덕.

종덕　　나라고 이 집에 붙어 있는 거 속 편할 줄 아나. 나도
　　　　　니네 싫다. 끔찍스럽다. 두고 봐라. 내가 오늘 밤에
　　　　　따악 한 판만 뜨면! 니네 안 보고 살 거다. 오늘 밤
　　　　　에 한 판 뜨고! 우리 내일부로 찢어지자.

종덕, 거실 바닥에 놓여 있는 주정의 가방에서 지갑을 꺼낸다. 만 원짜
리를 꺼내 세는 종덕.

종덕　　(주정에게) 더 없나?

주정, 아무 말도 하지 않는다.

종덕　　　10만 원만 채워 갈게. (사이) 쫌만 더 도!

명진, 잠바 주머니에서 만 원짜리 몇 장을 꺼내 신경질적으로 종덕에게 던진다. 종덕, 바닥에 떨어진 꼬깃꼬깃한 만 원짜리를 주머니에 쑤셔 넣고 집을 나선다.

종덕　　　한 방이다. 인생 한 방!

대문이 '쾅' 소리를 내며 닫힌다. 주정, 명진, 명주는 한동안 그 자리에 선 채 아무 말이 없다.

명주　　　오빠 때문이야.

명진　　　뭐?

명주　　　우리, 좀 구질구질하긴 했어도. 아무도 안 죽이고 잘 살았어. 오빠가 엄마한테, 그 인간 죽이자고 지랄하 기 전까지는. 모든 시작은 오빠였어.

명진　　　니가 뭘 알아?

명주　　　난 분명히 말렸어. 오빠가 엄마한테 찡찡댔겠지. 내 인생 거지 같다고. 엄마 나 죽겠다고. 오빠가 가만있 는 엄마 불 지른 거야.

명진   야, 내가 그날 회식 갔다 누굴 본지 아냐?

주정   명진아.

명진   나 노래방에서 엄마 만났었어. 노래방 도우미 나온
       엄마 만났다고. 엄마가, 누구 때문에 그렇게 된 건지
       몰라? 내가 나 좋자고 그런 거 같아?

명주   아……. 그래서 지금 엄마 탓하는 거야? (헛웃음) 병
       신 같은 새끼. 야. 그러니까 C조 조장이 널 졸로 봤
       던 거야, 이 돼지 새끼야.

명진   미친년이! 유부남 애 배고 온 주제에!

명주   야!

주정, 명진의 뺨을 때린다.

사이

명진   (나지막이) 엄마, 나, 이제. 우리가 누구 땜에 이렇게
       된 건지 알 거 같아요.

주정   그만하자.

명진   아빠 보험금 전부 다 하우스에 갖다 박은 놈. 엄마
       가 차린 가게 몰래 담보 잡아서 돈 꿔놓고 몽땅 사
       기당한 놈, 매일 냄새나는 입으로 술만 처먹는…….
       우리 두 번 죽인 놈.

주정, 터덜터덜 명진에게 다가간다. 명진을 품에 안는 주정.

주정   우리, 그냥. 좀……. 살자. 평화롭게.

명주, 주저앉아 껙껙 마른 울음을 운다.

암전.

깊은 밤. 세찬 빗소리.

거실에 주정과 순영이 누워 있다. 방에서 들려오는 종덕의 코 고는 소리. 잠 못 드는 주정. 조용히 일어나 누워 있는 순영 옆에 한쪽 무릎을 세우고 앉는 주정. 멍하니 창밖을 본다.

주정   어머니, 자요? 자는 건가, 안 자는 건가. 깬 거 같다 가도 자는 거 같고. 자는 거 같다가도 다 듣고 있는 거 같고 그러네. (창을 보며) 주구장창 오네. 가만 보 면 인간들, 죽어라고 술 푸는 날은 거진 다 비 오는 날인 거 같아. 애아빠도 꼭 비 오던 날이면 지렁이 겨 나가듯 나가서 축축해져 들어오곤 했잖아요. (사 이, 담배에 불을 붙이고 깊게 한 모금 빤다.) 어머니. 나 는 말이죠……. 애아빠 죽구 난 직후엔 되게 바라는 게 많았어. 첨엔, 하루만 전으로 돌아가서, 비가 안 왔음 했어. 그럼 술 풀 일이 없었을 테고, 술 안 폈음 그래 되지도 않았겠지. 아니면, 그날 어머니가 되게 아팠었으면 좋았을걸 했어. 왜 그맘때 독감 유행했었잖아. 그래서 어무니 독감 걸렸음 어무니 끔찍한 애아빠가 나갔겠어? 아니야, 것도 아니면 내가 문자를 하나 보냈으면 어떨까. 나 오늘 자살할 예정이니 집에 빨리 들어와요, 이랬음 애아빠 놀라 안 나갔을 거 아니에요. 그래. 결국 나가 뒈졌구나, 인정하고 나니까 돈이라도 좀 더 많이 줬음 싶더라. 산 사람은 살아야지. 그래도 국가유공자 아니야? 국민건강 위해 일하다 간 공무원이신데……. 그런데, 요샌, 아무것도, 바라는 것도, 하고 싶은 것도 없어요. 어머닌 어때요? 매일 이렇게 누워만 있다 보면……. 무서운 것도 없어지나요? (순영을 내려다본다, 사이) 어머니. 하고 싶은 게, 있어요? (긴 사이, 어떤 변화) 어머니도 젊었을 땐 참 고우셨다며요. 운동회 날 다른 엄마들 틈에 있으면, 어머니가 단연 돋보였다고 애아빠 자랑이 대단했어요. 우리 어머니, 어쩌다 이렇게 됐나……. (순영의 머리를 쓰다듬다 머리의 흉터를 발견한다.) 이 흉터, 아버님이 그런 거 맞죠? 어머니랑 싸우다가, 소주병으로 그냥 내리찍었었잖아. 119 실려 가면서 어머니가 했던 말 기억해요? 내가 저 인간 죽기 전엔 억울해서 눈 못 감는다……. 내가 꼭 저 인간 죽이고 세상 뜬다……. 난 다 기억나요. 난 다

기억해요, 어머니…….

순영, 낮게, 하지만 강렬하게 신음한다. 몸을 부들부들 떨며 경련하는 순영. 주정, 깜짝 놀라 손으로 순영의 입을 막는다. 순영의 신음소리는 멈추지 않는다. 주정, 온몸으로 순영을 덮는다. 순영을 끌어안는 듯, 입을 막는 듯, 하다.

주정　　　어머니……. 이러지 마요. 같이 잘 살아보자는 거잖아요. 그죠? 내 마음 알죠?

암전.

12장

낮.

문을 열고 지친 모습의 주정, 명진, 명주 들어온다. 상복 차림이다. 거실에 대자로 눕는 명진과 명주. 주정은 부엌으로 가 물병을 들고 온다. 거실 한쪽에 무릎을 세우고 앉는다.

명주   엄마지.

주정   (퉁퉁 부은 발을 만지며) 배고파.

명주   다 알아요.

주정   (명주 보며) 뭐 좀 먹을래?

명주   배 안 고파.

주정   난 뭐 좀 먹어야겠다.

명주   우리 좀 아까 육개장 먹었잖아. 엄마 배 안 고파.

주정   아니야. 나 배고파.

부엌으로 가는 주정. 국에 밥을 말아온다. 정신없이 먹는 주정.

명진	작은엄마가 할아버지 화장하는 거 반대 안 했어요?
주정	(먹으며) 유언이라 그랬어.
명주	엄마 천재네. 근데 작은엄만 왜 그 지랄?
명진	하여튼, 사람들 존나 못됐어. 1년에 한 번도 올까 말까 하면서. 돌아가시고 나니까 고생한 사람한테만 지랄이지.

주정, 살기 위해 먹는 것 같다.

명진	괜찮아, 엄마.

주정, 계속 먹는다.

명진	엄마가 안 죽였어도, 내가 죽였을 거예요.

숟가락질을 멈추는 주정.
사이
다시 먹는 주정.

명주	재밌는 얘기 해줄까?
명진	뭐.
명주	나, 요새…… 할아버지 소주에 약 탔다?

배를 부여잡고 웃는 명주. 놀라는 주정과 명진.

명진   몰랐어.

명주   당연히 몰랐겠지. 요새 할아버지 계속 토하던 거, 그
         거 내가 약 타서 그런 거야. 쥐약.

명진   술 많이 먹어서 그런 줄 알았는데…….

명주   엄마가 안 죽였어도, 내가 죽였을 거야. (사이) 그니
         까 엄마, 잊어버려.

사이

명진   나 사실, 할아버지 자는 거 옆에서 가만히 쳐다보다
         가 코 크게 골 때 확 틀어막은 적도 있어. 그러면 할
         아버진 자다가 숨이 막혀서 헉……. (흉내 내며) 이러
         면서!

명진과 명주, 크게 웃는다.

명주   할아버지 코 고는 소리 무시무시했어. 온 집 안이 울
         렸다구. 나 귀마개 꽂고 잔 날도 있었다니까.

명진   그뿐이 아니지. 술 먹고 나면 자리에 꼭 가래 떡 진
         휴지 났잖아. 꼭 바닥에 다 들러붙도록 뱉어놨었어.

절대 안 치웠어.

명주 또 있어. 오줌 쌀 때 문을 안 닫아. 그럼 온 집 안에 오줌발 소리가 울려. 아무리 귀를 막아도, 다 들려. 토할 거 같았어.

명진 할아버지 변기 뚜껑도 안 올리고 오줌 눈다니까. 내 가 백번쯤 말했는데…… 똥 쌀 때 모르고 오줌 튀 겨놓은 변기 앉으면 기분 얼마나 더러운지 아냐?

명주 나도 알아. 찐덕찐덕해!

명진 생선 가시도 식탁에 그냥 뱉어.

명주 응. 설거지도 절대 안 해. 아니, 설거진 바라지도 않 아. 왜 싱크대에 안 갖다 놓냐고. 물에 좀 불려놓음 어디 덧나?

명진 음식 먹다 맨날 흘려. 턱에 구멍이 뚫렸나. 그래서 우리 집에 개미가 안 없어지는 거야.

명주 이제 개미 들끓을 일 없겠다.

명진 집에서 나던 정체 모를 구린내도 안녕이지.

명주 할아버지 밥 차리러 일찍 들어오지 않아도 돼. 진짜 고역이었거든.

명진 자기 먹던 잔에 억지로 주던 미지근한 소주, 안 먹어 도 되겠네.

흥분해서 신나게 이야기하는 명진과 명주, 기뻐 보인다.

주정　　　무엇보다 (사이) 이젠 우리 빼곤 아무도 몰라.

공모자들 간의,

사이

주정, 명진, 명주가 누워 있는 순영을 흘끗 본다.

긴 암전.

밤.

순영은 무대에 없다. 술상 앞에 앉아 있는 명진과 명주. 명진은 마이크
를 한 손에 잡고 TV에 노래방 반주기 화면을 바라보며 노래를 부르고
있다. 술에 취해 감정에 취해 악을 쓰며 노래하는 명진.

명주　　　 아, 시끄러! (노래 꺼버린다.)

명진　　　 에이 씨…….

소주 따라 마시는 명진. 주정은 무대 뒤편 가족사진 앞에 향을 피우고
있다. 목례를 하고 돌아와 자식들 옆에 앉는다.

주정　　　 명진아, 쓰레기 왜 안 버렸니.

명진　　　 (마이크에 대고) 엄마가 버리면 될걸!

주정　　　 냄새나. 잊지 말고 갖다 버려. 명주야, 너…….

명주　　　 부엌 청소했어. 냉장고도 다 닦았어.

주정　　　 잘했다. 요새 부엌에 개미가 끓어서…….

명주	냉장고 아래에서 개미가 5천 마리는 나왔을 거야. 죽여도 죽여도 끝이 없어.
주정	냄새 다 빠지려면 몇 번 더 닦아야 할 거야.
명주	아, 엄마, 나 일 시작했어.
주정	잘됐네. 어딘데.
명주	친구 일 하던 덴데, 쪼끄만 용역 회사 경리.
명진	그런 데 늙은 아저씨들이 막 추근대고 안 그러냐?
명주	안 그래도 배 겁내 나온 아저씨 하나가 침 질질 흘리더라. 지가 어쩔 거야.
주정	경리 하면서 야간대학 다니는 애들 많다더라. 내 친구 딸도…….
명주	엄만. 엄만 어쩌게.
주정	글쎄. 현숙이가 지네 약국에서 일 좀 봐달라고 하는데…….
명주	그거 해. 그나마 일찍 끝나지 않아?
주정	봐서. (명진에게) 공장은. 잘 돌아가니?
명진	조장 하나 없어졌다고 공장 안 돌아갈 게 뭐 있어요. 사장이 죽은 것도 아니고.
주정	계속 일할 거니?
명진	몰라요. 여기 지겨워.
주정	공장 말고 딴 덴 없니? 하루 쬥일 햇빛 못 받고 일만 하니, 거울 봐라. (명진의 얼굴을 쓰다듬으며) 너 얼

굴이 시체 같다.

명진   (주정의 손을 쳐내며) 엄만, 그 많은 것 두고 시체가
뭐예요, 시체가!

명주   어! 개미다!

손바닥으로 개미를 잡는 명주, 바닥 여기저기를 때린다.

주정   그만 죽여.

멈추지 않는 명주. 쿵, 쿵, 쿵, 쿵, 무대가 울린다.

명주   개미 약 어딨지?

명주, 개미 약을 찾다가 무대 전체에 뿌린다. 뿌연 연기로 가득 차는
무대. 주정, 기침한다.

주정   (기침하며) 아이고 매워라, 앞도 잘 안 보인다.

명진   우와, 진짜 무대 같지 않아요? 인기가요 그런 거 있
잖아!

명주, 신이 나서 마구 뿌린다.

명진   좋아! 이 분위기를 몰아서 한 곡 뽑아줘야지!

명주   (마이크를 빼앗으며) 내가 노래할 거야!

명주, 노래방 기계로 가서 번호를 찍는다. 뽕짝의 전주가 흐른다. 명진, 기침하고 있는 주정을 일으켜 세우고 마이크를 쥐여준다. 명진, 소주 병을 마이크 삼아 잡고, 노래를 하다, 소주를 마시다 한다. 마이크 줄로 서로를 옥죄며 장난을 치는 명진과 명주. 주정, 있는 힘을 다해 열심히 노래를 부른다. 부엌에서 종덕과 순영이 블루스를 추면서 등장한다. 주정, 명진, 명주는 종덕과 순영을 보지 못한다. 엉망진창이 되어가는 노래.

천천히 암전.

막

호랑이 기운이 솟아나고

충분히 용감한

살아가면서 필요한 아주 구체적인 용기를 나는 이오진의 희곡에서 얻었다. 돌이켜보면 이오진이 펼쳐 보이는 세계 속에는 항상 나와 너무 다르거나 너무 비슷해 마음에 깊이 박히는 인물이 있었는데, 때로는 대사의 형태로, 때로는 동작과 지문의 형태로 모양을 달리하며 그들이 내게 쥐여준 것은 대개 용기로 수렴될 때가 많았다. 그리고 크고 작은 혐오와 차별, 폭력으로 얼룩진 일상이 나를 서서히 뒤틀어놓았다는 것을 실감할 때, 내가 자라면서 습득하고 내재화한 정상 규범과 도덕주의가 유독 고통스럽게 인식될 때, 나는 지난 10여 년간 이오진의 인물들이 마주했던 여러 상황 속에 나를 겹쳐놓곤 했다. 어떠한 악조건에도 내가 나일 수 있는 세계를 포기하지 않았던 그들을, 기어코

방법을 찾아내 조금씩 앞으로 나아갔던 그들을 떠올리곤 했다.

그 시작점에는 「가족오락관」의 주정이 있다. 내게 일찌감치 희곡의 언어만이 감당할 수 있는 뜨거운 에너지란 무엇인지 일깨워주었던 인물. 모멸감과 굴욕감, 수치심 같은 부정적인 감정들을 보란 듯이 토해내며 우리에게 짜릿한 희열과 서늘한 고통을 동시에 안겨주었던 인물. 주정이 남편을 치어 죽인 남자가 보내온 고기를 맛있게 먹었다며 자책하던 그 순간에 과연 무감할 수 있는 사람이 있을까. 입으로 빨았는데 고작 만 8천 원을 받았다고 토로하던 그 순간에 과연 심장이 내려앉은 듯한 기분을 느끼지 않은 사람이 있을까.

주정은 한 번 시동이 걸리자 브레이크가 고장 난 자동차처럼 질주한다. 눈에는 눈, 이에는 이. 가해자가 멀쩡히 잘 살고 있다는 걸 알게 된 주정은 더는 예전처럼 살 수가 없고, 오직 화가 난 마음과 억울한 마음이 가리키는 쪽을 향해서, 죽어 마땅한 사람들을 직접 응징하고 처단하는 쪽으로 자신을 내던진다. 하지만 죽이고 또 죽여도 죽일 놈들이 산적해 있는 탓에 마음은 좀처럼 나아지질 않는 상황. 주정은 여기서 누구 하나를 더 죽인다고 해서 달라지는 건 없으리라는 것을, 가부장의 얼굴을 하고 있는 이 유구한 시스템 자체를 리셋하지 않는 한 이와 같은 상황은 언제까지나 되풀이되리라는 것을 직감한다. 스스로를 훼손하지 않고서는 이 지옥에서 빠져나갈 수 있는 방법은 없고, 결국 주정은 이대로 계속 가보기로 한다.

주정이 자기 자신을 던져 자본주의와 가부장제의 근간으로서의 가족 공동체에 균열을 내는 인물이라면, 「청년부에 미친 혜인이」의 혜인은 여성혐오와 성 엄숙주의를 배태한 교회 공동체를 자신의 방식으로 재건하려는 인물이다. 나이는 물론 성격, 배경, 동기, 정서 그 어느 것 하나 맞물리는 게 없음에도 나는 이오진이 오랜 시간을 건너 창조한 이 두 인물이 연결되어 있다는 느낌을 받았는데, 그건 아마도 내가 주정에게 느꼈던 서슬 퍼런 결기를 혜인에게서도 감지했기 때문이 아닐까 싶다.

혜인은 지금의 자신을 있게 한 교회 공동체를 포기할 수 없기에 다시 교회로 돌아온다. 혜인에게 교회 공동체는 신앙심만큼이나 소중하고, 하나님의 사랑을 의심하지 않듯이 그곳에서 만난 사람들에게도 변화가 필요하다는 사실을 의심하지 않는다. 임신과 중절을 경험했다는 이유로 혜인을 네팔 선교팀에서 일방적으로 제명한 목사는 얼마나 성차별적이고 폭력적인가. 자신이 정확히 무엇을 잘못했는지도 모르면서 너무도 쉽게 스스로를 용서해버린 전 남친은 얼마나 비열하고 기만적인가. 혜인은 죄의식에 짓눌려 헌신하고 복종하는 공동체를 향해서도 되묻기를 주저하지 않는다. 어째서 21세기에도 교회는 오직 성경을 신앙의 유일한 척도로 삼는 것인지, 어째서 이런 일이 벌어졌을 때 항상 오명과 수치심을 떠안고 내쫓기는 건 여성인 것인지.

혜인은 자신을 피해자 여성의 전형에 가두려는 힘의 정체를 직시하고 있기에 더더욱 물러설 수가 없다. 이제 혜인에게는 공동체의 자정과 변화를 도모할 수 있는 언어가 있고, 페미니스트로서의 자신과 신앙인으로서의 자신이 교회 안에서 양립할 수 있다는 굳건한 믿음이 있다.

그 이후에 등장한 「콜타임」의 은호는 어떠한가. 은호는 우리가 오래전부터 도래하기를 기다려왔던 어떤 완성형 같다. 아마도 혜인과 비슷한 시기에 청소년기를 보냈을 은호는 2016년 강남역에서 벌어진 살인 사건을 여전히 가슴에 아로새긴 채로 살아가는 수많은 이들이 그러한 것처럼, 미투운동으로 촉발된 변화의 움직임과 작은 승리를 목격한 사람들이 그러한 것처럼, 우리 시대에 가장 필요한 것은 페미니즘이라는 사실을 의문하지 않는다. 그리고 페미니스트로서의 자신에 대한 자부심 또한 크다. 페미니즘에 입각하지 않은 연극 같은 건 더는 보고 싶지도 만들고 싶지도 않다고 말하는 순간의 은호는 얼마나 선명한가. 레즈비언 정체성을 이제껏 숨긴 적도 없고 숨기지도 않을 거라고 자신하는 순간의 은호는 얼마나 당당한가.

그래서일까. 일견 은호는 자기 안의 오류나 꼬임이 전혀 없는 사람처럼 보이기도 하는데, 나는 자신이 옳다고 생각하는 일에 대해서는 결코 돌려 말하는 법이 없는 은호가, 뭐든 확실하고 또렷해서 내 안의 불신과 불안을 잠시나마 잊게 해주는 은호가 마냥 미덥고 고마웠다. 그리고 앞으로 뭐가 될지 모르겠다는 은호를 걱정하기보다는 기대하게 되었다. 무엇이 되더라도, 아니, 무엇이 되지 않더라도 은호는 연대하는 여성들의 손을 잡으며 자기 자신으로 살아갈 테니까. 어디에서 무엇을 하든 여성으로서, 그리고 성소수자로서 자신이 추구하는 가치를 저버리지 않을 테니까. 우리의 미래가 은호여서 안도했던 사람은 비단 나뿐만이 아니었을 것이다.

여전히 두려운

물론 이오진의 모든 인물이 스스로의 행보에 확신을 갖고 있는 것은 아니다. 만약 지켜보는 것만으로도 임파워링되는 인물들만이 그 세계의 전부였다면, 아마도 나는 이오진의 무대를 좋아하고 지지할 수 있을지언정 지금처럼 깊이 사랑할 수는 없었을 것이다. 왜냐하면 내가 나 자신과 진정으로 가깝다고 느끼는 인물은, 온전히 이입할 수 있고 그래서 이것은 내 이야기이기도 하다고 자신할 수 있는 인물은 충분히 용감한 사람이 아니라 여전히 두려운 사람이니까. 자신의 다름을 끊임없이 감각하고 증명하고 긍정하는 게 버거운 사람. 이건 죽지 않고서는 끝나지 않으리라는 절망과 체념에 번번이 멈춰 서는 그런 사람.

「바람직한 청소년」의 이레는 남자친구 지훈과의 키스 장면을 몰래 촬영하고 유포한 범인을 잡아야 한다. 아무리 생각해봐도 반성해야 할 사람은 동성애를 한 자신이 아니라 함부로 남의 사생활을 까발린 범인이고, 이레는 자신의 학교 생활을 지옥으로 만든 그놈에게 죗값을 묻고 싶다. 출중한 성적과 모범적인 태도가 보장해주었던 미래는 이미 물거품이 되었으므로 이제 이레에게 남은 건 맹렬한 복수심뿐이다.

하지만 이레가 줄곧 피해왔던 전화의 발신자가 지훈이라는 게 드러났을 때, 모두가 지켜보는 가운데서 먼저 손을 놓은 사람은 성소수자로서의 앞날을 비관했던 지훈이 아니라 핑크빛 미래를 자신했던 이레였다는 게 밝혀졌을 때, 나는 이레가 줄곧 벼려왔던 단죄의 칼날이 실은 자신에게 향해 있었음을 확인할 수 있었다. 그리고 이레가 단지 성적이 좋을 뿐만 아니라 선생들이 좋아할 만한 소설을 써낼 수 있을 정도로 영민한 아이라는 걸 다시 한 번 떠올려보게 됐다. 양호선생님의 불륜과 자신의 동성애를 유비하며 아무도 믿어주지 않는 사랑이 사랑일 수 있는지를 반문하는 이레는 이 세상의 작동 원리를 이미 간파하고 있다. 모두가 그것을 사랑이라고 하면 아무 문제가 되지 않으리라는 것을, 결국 이 모든 건 인정과 승인의 문제라는 것을.

그러나 이레가 반성실에서 보낸 한 달은 지금처럼 인정을 갈구하고 승인을 기다리는 바람직한 방식으로는 바뀌는 게 없으리라는 것을 여실히 깨닫는 시간이기도 했다. 그러므로 이제는 전략을 재고해야 할 때. 이 땅에 발을 딛고 사는 우리에게 그러하듯이 이레에게도 어려운 과제가 남아 있다. 우리는 어떻게 관용과 승인의 대상이 되기를 거부할 수 있을까. 어떻게 있는 그대로의 자신으로 저항하고 투쟁할 수 있을까.

「콜타임」의 범순에 대해서도 이야기하고 싶다. 콜타임을 한 시간여 앞두고 범순의 세계는 전무후무한 강도로 흔들린다. 별안간 은호라는 세계가 혜성처럼 다가와 충돌했기 때문에. 이제껏 변화보다는 안정을 추구해왔던 범순의 궤도는 아차 하는 순간에 틀어져버렸고, 범순은 자신의 상식을 뛰어넘는 은호의 말과 행동, 분위기에 단숨에 매료된다. 그리고 은호로부터 쏟아지는 무수한 질문 속에서, 확신과 단정으로 이루어진 은호라는 세계의 문법 앞에서 자신의 정체성을 심문한다.

범순이 버거운 것은 그뿐만이 아니다. 실패하는 여성들을 더는 무대에서 보고 싶지 않다는 은호의 확고한 태도가 범순을 아연하게 만들기 때문이다. 범순은 고전이라 믿어 의심치 않았던 희곡에 대한 은호의 가혹한 평가가 당황스럽고, 이제껏 무대에 쏟아부었던 시간과 노력이 송두리째 부정당하는 것 같아 괴롭다. 텍스트를 하나의 기준으로 평가하는 것은 온당한 것이며 동시대성이 없는 텍스트는 실로 무가치한 것일까. 여성혐오적인 공연에 참여해온 여성은 남성 중심주의의 부역자인 것일까, 아니면 희생자인 것일까.

하지만 어떤 서사에서는 여성이 반드시 실패한다고 말할 때, 어떤 여자는 용기가 막 있지 않을 수도 있다고 말할 때 범순은 흔들리지 않는다. 범순은 그간 연기해온 딸, 엄마, 희생자, 피해자, 실패하는 여성들에게 자신을 포개어놓지 않을 재간이 없고, 나는 그제야 범순의 세계를 제대로 목격한 것 같았다. 세상의 변화를 따라가지 못해 자책하는 여성에게도 허락된 세계, 임파워링이 요원해 무력감을 느끼는 여성에게도 허용된 세계. 모두가 이 흐름에 자연스럽게 올라탈 수는 없을 테니까. 손을 잡지 못한 사람들은 어디에나 있기 마련이고, 누군가는 그렇게 남겨진 사람들을, 또 다른 소외와 배제를 경험한 사람들을 기록하고 재현해야 할 테니까. 나는 그것이 범순이 떠날 수 없는 세계이자 2017년부터 이오진이 이끌고 있는 페미니즘 극단 '호랑이기운'의 세계처럼 느껴졌고, 그래서 좋았다.

이오진의 인물들은 서로가 서로의 용기가 되어준다. 이러지도 못하고 저러지도 못한 채로 발만 동동 구르다가도 기어이 한 발을 내딛게 만들고, 여기도 아니고 저기도 아니어서 혼란하고 불안한 나날을 어떻게든 견디게 만든다. 서로를 결코 혼자 내버려두는 법이 없기에, 서로에게 손을 내밀지 않는 건 애초에 생각조차 해본 적이 없기에 서로의 세계에 포섭되고 휘말린다.

이오진의 인물들이 보여준 각양각색의 용기는 내게도 그렇게 스며들었던 것 같다. 그리고 아주 결정적인 순간에, 내게 이런 용기가 있는 줄도 모른 채로 낙망하던 순간에 호랑이 기운처럼 갑자기 솟아났던 것 같다. 하루는 세상 무서울 게 없는 것처럼 자신만만해졌다가도 또 하루는 작은 점처럼 한없이 움츠러들 때, 세상으로부터 사랑받으려 하기보다는 미움받지 않으려 애쓰는 자신을 발견할 때 이오진이 우리 마음속에 심어놓은 용기는 조금씩 자라났을 테니까.

이오진의 이야기가 지금 이곳을 헤쳐 나가는 여성과 청소년,

성소수자 들에게 어떠한 모양의 용기로 기억될지 궁금하다. 호랑이 기운이 간절한 순간의 당신에게 어떠한 얼굴을 하고 손을 내밀지 궁금하다.

김병운(소설가)

이오진 희곡집『청년부에 미친 혜인이』독자 북펀드에 참여해주신
모든 분께 감사의 마음을 전합니다.

강보람	김종완	배서현	이미라	조성연
강보름	김준수	백은혜	이보배	조인해
강소정	김지수	손한나	이송이	지혜성
강지연	김진	손현정	이예린	진선
곽성하	김혜경	수미	이은영	진영주
구슬	나희경	신소우주	이재미	최강산
구지현	남궁은	신수민	이재혁	최경호
권기현	노세인	신은경	이재훈	최윤정
금개	류금희	양근애	이정민	최은미
김기일	마두영	양정현	이지예	최지오
김남희	문지수	염혜인	이지현	최지현
김누리	민소정	오수지	이태린	최현정
김다현	민정은	원솔지	이혜재	하나래
김다희	박기나	원예지	임시유	하다효지
김병운	박다겸	유경하	장호인	한동엽
김소망	박소영	유은정	재이	한유선
김소연	박솔	유정미	전지니	한재은
김예지	박영정	윤수	정지영	한지영
김유진	박재윤	이경	정현경	홍신영
김윤경	박지예	이경하	정혜원	황정윤
김은비	박초원	이고은	정혜윤	
김은선	박혜진	이루화	정혜정	

[리 : 플레이]

청년부에 미친 혜인이

초판 1쇄 발행 2023년 12월 29일

지은이   이오진

펴낸이   김태형

펴낸곳   제철소

등록   제42014-000058호

전화   070-7717-1924

전송   0303-3444-3469

전자우편   right_season@naver.com

인스타그램   @from.rightseason

ⓒ 이오진, 2023. Printed in Korea

ISBN 979-11-88343-69-0 03810

이 책은 2016년에 대산문화재단 대산창작기금을 받아 출판되었
습니다.